雛鳥トートロジィ

柴村 仁

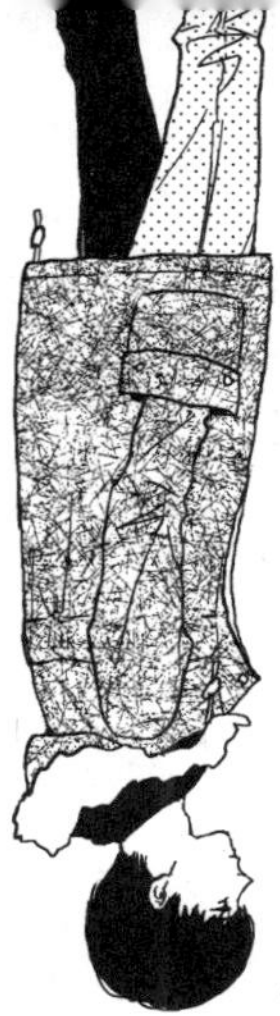

上野鶯介の迷走

1

スーパーマーケットAでしめじを購入した後、ふとした思いつきでスーパーマーケットBに寄り、しめじがAで売られているものより三十円安く売られているのを見つけてヘコんだ。

笑わないでくれ。僕だって、こんな些細なことでヘコみたくはなかった。三十円程度の損害をねちねち気にするような、そんなみみっちい男になりたくはなかった。どうしてAでしめじ買っちまったんだ、僕のバカ！　野菜は大抵Bのほうが安いってわかってたのに！　どうして！　と自分で自分を責めるのは、やるせない。しかし、現実問題として僕は三十円程度の損害が身にしみる経済状況にいるのだった。いや、決して貧窮のどん底にいるわけではない。借金があるわけでもないし、毎月きちんと給料がもらえるまっとうな職に就《つ》いている。だが、ゆとりがあるわけでもない。毎月の給料から、家賃、光熱費、通信費などなど「毎月必ず払わなければならないカネ」を差っ引いた額は、心許《こころもと》ない。しかも、そこからさらに食費やら交通費やらを引かなければならないわけで、するってーと、先々のことを考えて多少なりとも貯金をしていきたいとは思いつつも、なかなか、ままならないね……という残念な残高になってしまうのだった。

　衣食住に不足はない。しかし、ファストファッション以外のブランドで全身コーディネイトするのは、ちょっと厳しい。

　文無しというわけではないが、贅沢できるほど潤ってもいない。

　それが今の僕……

　それにしても、しめじはいい。ひとり暮らしにしめじは欠かせない。実に使い勝手のいい食材だ。焼きそば。ラーメン。カレー。ひとり鍋。味噌汁の具。さっと茹でただけでも主菜の付け合わせになる。どんな料理にもマッチし、それでいて他の食材の邪魔をせず、かいがいしく食物繊維と満腹感を提供してくれる。愛《う》いヤツだ、しめじ。

調理がお手軽なところもいい。水洗い不要で、石づきだけ切り落として適当にほぐせばいいのだから簡単だ。そうそう、この「ほぐす」という作業がまた楽しいんだ。いいこと尽くめじゃないか。なんと素晴らしい野菜なのだ。……あれ、しめじって野菜だっけ？

　いや、しめじのことはどうでもいい。

とりあえず、今、僕が憂いているのは、野菜をはじめとして生活必需品の価格が高騰しているってこと。それなのに物欲が刺激される情報ばかりが溢《あふ》れていて「持たざる者は惨めなり」という価値観が蔓延しているってこと。重労働のわりに安月給で、昇給の見込みもないってこと。貯金がなかなか増えないってこと。政治も福祉も経済もネット社会もなんだか危なっかしくて、明確な理由はないのに漠然と不安になってしまうってこと。ぐちゃぐちゃ言ってるだけで結局何もしてくれない税金泥棒の政治家はみんな死ね！……いや、「死ね」は言いすぎだな。ごめん。ガキのケンカじゃないんだから「死ね」はイカンよ。「死ね」はナシで。

そんなことをグダグダ考えながら帰路を歩いていると、携帯電話がメールを受信した。開いてみると、市が配信する防災・防犯情報メールであった。市内で何か事件が起きたり不審者が出没した場合、あるいは、災害や大きな事故などの緊急事態が発生した場合、注意喚起のためのメールが配信される住民向けサービスだ。僕は地域との交流が希薄なので、こういうものを利用して損はなかろうと思い、何年か前に登録した。

一見平和そうな街でも、やはり犯罪は日夜発生しているらしく、月に二、三回はこのメールが届く。

今回の配信内容は「〇月〇日、午後〇時頃、〇〇小学校付近で、帰宅途中の児童が不審な男に声をかけられた」というもの。この前も、これと同じような内容で配信されていたような気がする。まだ捕まっていないのか。男の特徴は「二十歳代、身長百七十センチから百八十センチ位、黒髪、黒っぽいコート、徒歩」ということだが……うう一ん、僕と若干かぶるのが嫌な感じだ。あの人ってなんか怪しいよねとあらぬ疑いをかけられぬよう、普段から挙動や身だしなみには気をつけなければ。

ああ一、荒《すさ》む。心が荒む……

自分が被害に遭ったわけでもないのになぜかへコみながら、携帯電話をポケットにしまった。

それはともかく。

その夜、実家の母親から電話があった。

今になって思うに——

この電話がすべての始まりだったのだ。

実家は同じ県内にある。バスと電車を乗り継いで二時間という、遠いわけではないが決して近くもない距離。帰ろうと思えばいつでも帰れると思いつつ、あるいはそう思っているせいで、ここ数年、一度も帰省していない。

母親の電話ってのは、大抵、長ったらしいもんだ。

用件だけで終わったためしがない。

しかもその内容ときたら、毎度毎度、毒にも薬にもならないときている。

だからあいづちもおざなりになるのだ。

へー。

ふーん。

はあ。

『ちゃんと聞いてるの鷲介《しゅうすけ》』

「聞いてる聞いてる」

ホントはあまり聞いていない。僕の目は、座卓の上に広がったゲラ（持ち帰った仕事）に注がれていた。母親の話を蔑《ないがし》ろにしたいわけではないが、その話が今聞かなければならないものではなく、目の前に広がる仕事は今やらなければならないものである以上、仕事のほうを優先してしまうのは致し方ないことっすよね。

『そうそう、それでね――ホントにひどい話なのよ。お母さんもう病気になりそう』

「いやはや」

　僕が勤めているのは、社員二十数名からなる小さな出版社。この就職氷河期に、地元民しかその名を知らないような超マイナー大学出身の僕を温かく迎え入れてくれた、ステキな会社だ。地域密着型のフリーペーパーの営業・編集・発行が主な仕事である。

『どうしてこんな大事なこと今の今まで黙ってたのかしら』

「さあ」

　よくあるだろ。飲食店や美容院などの店舗情報がぎっしり掲載されていて、駅や大型小売店などのエントランスあたりに「ご自由にお持ちください」と書かれた専用ラックがあって、月に一度くらいのペースでいつの間にか新しい号に入れ替わっている、そんなタウンガイド。

　あれを作ってるんだ。

『こんな状況になってようやく白状するなんて、もう、ホントに、男の人って……』

「うーん」

『こういうのもやっぱり血なのかしらね。あんたのおじいちゃん――あ、お父さんのお父さんだけど、この人も遊んでたっていうから』

　地元民しか読まないフリーペーパーだからって、バカにしたもんじゃない。二十代から三十代の勤め人を中心に、市内で毎月五万部を発行している。

どんな小さな記事であっても、手は抜けない。

限られた文字数で、読者に対し、いかに的確にその店のよさを伝えられるか。いかにインパクトを与えられるか。そこが腕の見せ所なんだ――

『お父さんね、外に女の人がいたらしいの。かなり前から』

「はい？」

握っていた赤色のボールペンを取り落としてしまった。

耳に当てていただけの携帯電話を強く握り直し、もう一度「はい？」

『おまけに、子供もいて』

「は……」

『もう高校生になるんですって。ひどいと思わない？』

「え、いや……あの、ちょっ……えっ、どういうこと？」

『あんたとは腹違いってことになるわね』

「いやいやいや。待った待った」

僕は思わず居住まいを正した。

時刻は、午後八時四十分。

場所は、入居六年目になるアパートの自室、二〇五号室、一DKの六畳間のほぼ中央、炬燵《こたつ》内にしてテレビの正面――で、あった。

ホワイトアウトしそうな思考をどうにか運行させ、訊《き》くべきことを訊く。

「……え、なに、つまり、隠し子がいたってこと？　うちの父さんに？」

『そう言ってるでしょ。あんたやっぱり聞いてなかったわね』

「それ、ホントにうちの父さんの話？　上野《うえの》蔦夫《つたお》の話？」

『だからそうだってば』

「嘘だろ」

じいさんがどうだったか知らないが、少なくともうちの親父は、お世辞にも甲斐性があるといえるタイプではない。とりたてて男気があるわけでもなく、イキイキと輝ける趣味を持っているわけでもなく、背中に枯れた哀愁があるといえばあるがメタボ気味な腹のほうが目につく残念な体つきで、モテそうな外見でもないし、どちらかといえば口下手なほうだから、二重生活をこなせるほど器用ではないはず――と、今の今まで、思っていたのだが。

『嘘ならよかったわよね』

……声がマジだ。

これは、どうやら、受け容れざるを得ない現実であるらしい。

「っていうかそんな話をなんかのついでみたいにしないでくれよ！」

何かにつけ愚痴に突入してしまいそうになる母のトークラインに対し、息子ならではの絶妙なタイミングで「つまりどういうこと？」「それはわかったから」「まず結論を言ってくれる？」と鞭《むち》を入れ、本筋に戻るよう巧みに誘導した結果、かなりの好タイムで事の経緯を聞き出すことに成功した。

概要は以下のようなものである。

・我が父、上野蔦夫には、十数年前、愛人がいた。この二人の間には、来年度から高校にあがる娘が一人いる。

・父は娘を認知したいと考えている。そのため、今回、妻に事情を打ち明けた。

・我が母、上野幸恵《ゆきえ》は、父から「愛人がいた」「子供がいた」と直接打ち明けられるまで、かかる事実にまったく気づいていなかった。今のところ母に離婚の意思はないが、夫の不貞に対しては、怒り、呆《あき》れている。

打ち明けられていく事柄のひとつひとつが、いちいちヘヴィー級であった。どれかひとつだけであったとしても家庭崩壊するのに充分な破壊力を備えているというのに、まとめて一度に全部来たのだから大変だ。

あるんだなあ、こんなことって。

はあー……と、魂が抜けるような長々しい溜め息をついてしまった。

パニックに陥りかけたが、それを乗り越えると、逆に冷静になった。

「母さんさ、ホントに今まで気づかなかったの？」

『気づかなかったわよ、悪かったわね。でもあんただって気づかなかったでしょ』

いやいや。離れて暮らす息子と比較しないでくれ。

それにしても……親父よ。この母とひとつ屋根の下に暮らしていながら、よくもまあ、こんな重大事を長きにわたって隠しおおせたものだ。驚きを通り越し、逆に感心する。いや感心しちゃいけないところなんだけど。怒るべきところなんだけど。でもなんだか感覚が麻痺してきちゃったよ。

電話の向こうの母も溜め息をつく。

『ねえ鶯介、どうしたらいいと思う？』

僕に訊かないでくれよ～

そのあとは母子間で実《み》のないことをグダグダ言い合うばかりだった。時間と電話料金を浪費するだけで、結論らしい結論を得ることはできなさそうだったし、なにより精神的に疲弊していたので、「あのさー、僕明日も早いしさー、この件についてはさー、僕も考えとくからさー、おやすみ」と、中途半端なところで通話を終えた。

家庭に問題が発生したとしても、仕事には関係ない。

翌朝、僕はいつも通りに出社した。

バス＋徒歩で三十分弱のところにある古いテナントビルの四階が僕の職場だ。毎日毎日ここで文字数気にしながら原稿書いたりゲラチェックしたりメール打ったり電話したり遣《つか》わなくていい気を遣ったりこっそり屁したりしているのだ。

主に作っているのがローカルなフリーペーパーとはいえ、一応、出版社という体《てい》だから、書籍は大量に所有している。多いのはやはり雑誌だが、話題のベストセラーや人気漫画、専門書などもある。なぜかエロ本もある。社で購入しているものばかりだが、誰かが家から持ってきて会社に置きっぱなしにしてそのまま、というものも多いだろう。オフィスの片隅のスチール棚に、順不同、ジャンルごちゃまぜで、ぎゅうぎゆうに押しこまれている。

その中から僕は、一冊のソフトカバーを手に取った。法曹界に縁《えん》のない一般庶民向けに、小難しい用語やら解釈やらを嚙み砕いて解説してくれる、親切な法律読本だ。法律系ライターと弁護士の共著で、出版社もちゃんとしたところ。誰が書きこんだかわからんインターネット上の意見よりは頼りになるだろう。別にインターネットで検索をかけてもよかったのだが、しかし「隠し子」や「認知」といったワードでヒットするのは、芸能人の隠し子報道を伝えるニュースサイトや、不特定多数が相談を投稿したり回答を書きこんだりできるQ＆Aサイトがほとんどのような気がする。そんなもん選別するのは考えるだに面倒くさい。それに、今の僕が知りたいのは具体例ではなく、普遍の事実である。

立ったまま、ページをパラパラとめくってみる。

少しドキドキしている。

認知に関する項目をあっさり発見。

——結婚していない男女間に生まれた子は母の戸籍に入ることになり——その父との間に事実上のつながりはあっても法律上の父子関係にはなく——認知という手続きで自分の子と認めない限りその子は扶養や相続の面で父からなんの保護も受けられず

——ただし認知されても父の姓を名乗れるわけでもなければその戸籍に入れるわけでもなく——認知された子は父の遺産の相続権を得るがその取り分は嫡出子《ちゃくしゅつし》の二分の一で——

遺産相続か。

僕（嫡出子）に関係ありそうなのって、このくらいだな。

「うーん」

どうも、僕にはあんまり関係なさそうじゃねえ？

だって、主に夫婦間の問題だよな、これって。一人息子が悩んでも仕方のないことだよな。そもそも僕には決定権どころか選択権もないのだし。つまるところ、オトンとオカンが気の済むようにすればいいんじゃないの？　それでももし離婚やら賠償請求やらに行き着いたとしても、二人で話し合って決めたことなら仕方ない。どういう結論に達したとしても僕に異存はありません。

本を元あった場所に戻すと、外出する準備を始めた。十五時から、新規の広告掲載を依頼している和風居酒屋のオーナーとの打ち合わせがあるのだ。僕としては、隠し子問題よりも目下こちらのほうをどうにかしたい。

新規掲載は取れませんでした。

だが、まあ、いい。一回の訪問でゴーサインが出るなんてことは滅多にない。感触は悪くなかった……と思うし、大事なのはこれからだ。

とはいえ、なんとなくクサクサした気分。

昨日から、いいことなしだ。

仕事捗《はかど》らないし。

隠し子発覚するし。

三十円高いしめじ買っちまうし。

世の中は荒んでいるし。


どうせ家に帰ってもすることはない。

ひとり飲みをすることにした。

会社から歩いて数分のところに、行きつけの店がある。渋すぎずチャラすぎず、程よく落ち着いた、雰囲気のいい店である。店の奥に置かれたジュークボックス（現役で作動中）がチャームポイント。ここのバーテンダーが、僕の高校のときの同級生、十条《じゅうじょう》なのである。

「酔わなきゃやってられねえ日もあるよな」

「まあね。でもおまえ酔うほど飲まねえだろ」

カネないからね！

ひとり飲みするときは、会計が千円前後になるよう抑えている。千円程度では生ビール一杯とちょっとした肴を一つか二つ頼むのが精々《せいぜい》だが、どうせひとりだし、その程度でいい。そうそう。この店、ポテトサラダが美味《うま》いんだ。黒胡椒が効いていて、ビールのアテにとてもいい。十条がこしらえているのかどうかは知らないが、誰が作っていたとしても美味いものは美味い。

美味いものはいい。

美味いもの食ってる間は余計なこと考えなくていいから、いい。

美味い美味い。

と食っていたらポテサラはあっという間になくなった。

……そりゃ、まあ。

親父に訊きたいことがないわけではない。

家族に嘘をつき続けるってどんな気持ち？

とかね。

しかし、そんなこと訊いたって、何も始まらないだろう？　訊いたところで本音が聞けるとは限らないしさ。感情論だけで済ませられるものでもないだろうし。いろいろ思うところがあったりするのだろう。大人なんだから。母は長年連れ添った妻として穏やかならざるものがあるんだろうけど、とりあえず僕は、親父を責める気にはなれない。呆れてはいるけど。隠し子がいる事実は覆りようがないのと同じく、親父が身を粉にして働いて僕を独立できるようになるまで育ててくれたってことも間違いのない事実なわけで、僕はそのことを感謝《かんしゃ》しているし、なかったことにするつもりもない。

それでいいよな。

しかし……

来年度から高校生ってことは、隠し子は十五歳くらいか。十五歳ってことは、僕が小学校低学年くらいのとき、親父は外で頑張っちゃってたわけだ。うわー、やだやだ、考えたくもない、そんな親の姿は。でも愛人さんどんな顔してんのかちょっと気になるな。すっげーいい女だったら逆に親父のこと尊敬してしまうかもしれん。

十条は雇われの一バーテンダーでしかないはずなのだが、店長だとかオーナーだとかがいつも不在なため、基本的に彼一人で切り盛りしていた。十条がソツなく営業をこなしているせいもあって、この店はまるで、十条の店のようになってしまっている。実際そう勘違いしている客もいるだろう。

バーテンダーって、男女のディープな話とか、いろいろ聞いてそうだよな。

客は、僕の他には男女二人連れしかおらず、カウンター内の十条も手が空いているようだった。加えて、アルコールの勢いもあったのだと思う――僕はツルッと口に出してしまっていた。

「おまえの周りに隠し子いる人っている？」

グラスを磨く手を止め、十条は眉をひそめた。「まさかおまえ」

「僕じゃない」

「ですよねー」

なんだよですよねって。

しかしこんなところで「実は僕の父の話なんだが」と家の恥をバカ正直に披露することもないので、ちょっとボカしてみる。

「知り合いだよ、知り合い。知り合いがね、全然フツーの人なんだけど、なんかそういうことになってて、奥さんと揉めてるらしくて。遊んでる感じの人でもなかったし、身近に隠し子いる人って初めてだったんで、ちょっと驚いてさ」

「あー、なるほどね」

「隠し子って、ホントにあるんだなあって」

「あるある」

　わりとあっさり頷いた。

　肩透かしを喰らったような気分だ。「ある？」

「あるよー。隠し子もそうだし、隠し子っていうほどやましいものではないけど実は子供がいるんです、みたいなケース、意外に結構ある」

「――そ、う？」

「ああ。あんまり大っぴらに話題にできることじゃないから、統計は取りようがないけど、雰囲気的には、かなりいるね」

「へえー……」

「もちろんそれがマジョリティってわけではなくて、俺が思っていたよりは多いっていう主観的なアレだけど」

「はあ」

「それでもうちの店長に言わせると、そういうのも最近はずいぶん減ったらしい。おそらくは不景気のせいで」

「……」

「まあでも大抵、むかし別れた奥さんとの子供とか、元カノが何も知らせずに勝手に産んでたとか、そんなだし。子供いるように見えない人に打ち明けられるとビックリするけど、ちゃんと事情を聞いたらそんなビックリするようなもんでもない」

「……みんなやることやってるんだな」

「ふはっ、そうかもな。でも他人事《ひとごと》じゃないよ、上野くんも気をつけるんだよ」と冗談めかして言う十条に隠し子がいたとしても、今の僕なら驚かない。

やましいから隠すのか。

隠すからやましいのか。

どっちだ？

生ビール一杯くらいで深酔いしたりはしないので、足取りも確かにアパートに帰り着いた。

明日は、朝一で打ち合わせがある。相手は、先月駅前に新規オープンしたイタリアンレストラン。開店前に済ませてしまいたいというオーナーさんの意向で、九時半開始だ。今夜はもうさっさと寝よう。

と考えていると、ポケットの中の携帯電話がメールを受信した。

またしてもこのタイミング……。もしや、また防災・防犯情報メールだろうか、また変質者出没情報だろうか、などと荒みながらメールを開いてみると、大手ファストフード店のメールマガジンだった。なにやら、近々、桜をモチーフにしたスイーツを新発売するのだとか。淡いピンクに抹茶色という春らしい色合いに和《なご》む。甘いものは結構好きだ。そうだな。今度、この店、久しぶりに行ってみるか。ファストフードの費用対効果について思いを馳せるようになってから足が遠のいていたのだが、たまには、いいかもしれない。

携帯電話をしまいつつ、外付け階段をトントンと昇りきると、吹きっさらしの廊下の奥に、女がひとり、ぼんやり突っ立っているのが見えた。

外灯のあかりも頼りない、暗い廊下である。ちょっとギョッとする。

しかも、僕の部屋の前あたりにいるのが、なんだかヤな感じ。足もとに、やたらに膨れたボストンバッグが置かれているし……

慎重に、しかし不自然でない程度の足取りで、廊下を進む。

あちらも僕に気づいたようだった。

見覚えのない女だった。そもそも、僕を訪ねてくる女などいない。現在、恋人いない歴を景気よく更新中である。僕の部屋のドアの前にいるように見えるが、そう見えるだけで、隣の部屋に用がある人なのだろう——と推測した次の瞬間、女は僕に向かって声をかけてきた。

「上野さんですか？」

思いのほか若い声。

僕は足を止め、女を凝視《ぎょうし》した。

まだ中学生か高校生だろう。こんな年頃の子に知り合いはいないのだが。

僕はおそるおそる返事した。「そうですけど」

「こんばんは」

少女はぺこんと頭を下げる。

僕もつられて「はあ、こんばんは」と頭を下げた。

暗いところで黙って突っ立っていられると不気味だが、よく見れば、なんの変哲もない普通の子である。厚着で着膨れしている上にマフラーをぐるぐる巻いているのでシルエットがころころしている。

「あの、私、大塚鴇子《おおつかときこ》です」と少女は当然のように名乗った。

「はあ」

「聞いて、ますよね。あの、私、ここに来るようにって言われて」

「えっ？」

「えっ」

「……」

「……」

話が見えない。

なんなの、これ。

怖いんですけど。

「えっーと……もう一度お名前を」

やだよやだよ。

不審者として通報されるのはやだよ。

少女ははっきりと答えた。「大塚鴇子です」

僕は首をかしげてみせた。「オオツカ、トキコさん……ですか」

「はい」

「あの、僕はあなたのこと知らないんですが」

「えっ」

「家を間違ってるんじゃないかな。それか勘違いとか」

「で、でも、上野さんですよね」

「たしかに僕は上野ですが、上野違いということも」

「上野蔦夫……さん、の、息子さん、ですよね」

「……はあ」

「あの、私……も、すみません、上野蔦夫、さんの、子供、なんです……けど」

「えっ⁉」

「えっ」

「えっ、なんで⁉」

「えっ？　すみません」

嫡出子と隠し子。

暗い廊下で向き合ったまま、しばしフリーズした。

2

とある雑誌に載っていた、某調査団体による「二十代の平均貯蓄額」最新データを見て、血の気が引いた。

これが「平均」？

マジで？

みんなこんなに貯めてるの？

嘘だろ、これ。いや、嘘とまでは言わなくても、何か数字のマジックがあるんだよな？　でなきゃこんな。だってみんなカネないってボヤいてて。だからこんなに不景気なんだと。なのに——ああ、なんか、学生時代を思い出した。テスト期間中、友人同士で「勉強したかよ？」「全然してねえ」「俺もゼロ勉」「今回やべー」とか言い合ってたのに実は僕以外のみんなはガッツリ勉強してました、というあの悪夢。あれに似ている。あれよりだいぶタチ悪いが。

それか、ほんの一握りのセレブの貯金額がハンパないせいで平均値が釣り上がってこんな数字になってるんだよな？　そうだよな？　みんながみんなこの額を貯めこんでるわけじゃないよな？　持ってないヤツは全然持ってないよな？　っていうかこの調査は一体どういうヤツを対象にしたものなんだよ。僕も対象に入ってるのか？　それと、面倒かもしれないけど実家暮らしのヤツとひとり暮らしのヤツで計算を分けてくれ！　全然条件違うから！

でも、きっと。

間違いなくこれが「平均」で。

「現実」、なんだろうなあ……

それはともかく。

差し当たって問題なのは、大塚鴇子だ。

薄暗い廊下で立ち話もアレなので、とりあえず、拙宅《せったく》に上がっていただく。

初対面の十代女子を自宅に上げるというスキャンダラスな行動を自分が取る日が来るとは思ってもみなかった。半分だけとはいえ血が繋がっているのだし、やましいことをしているわけでもないが、なんとなく、やましい気分だ。

「汚い部屋で申し訳ない。まあ、あのー、座ってて。寒いし」

炬燵のスイッチを入れてから台所のほうに戻った。そして腕組みして考えこんだ。お茶か何か出すべきだよな、とは思うものの、ふだん来客などないので用意がない。日本茶、ない。買ったこともない。インスタントコーヒー、数ヶ月前に切らして以来そのまま。なんかのプレゼントでもらった紅茶のティーバッグ、よく見たら賞味期限が三年くらい過ぎてたんで年末に捨てた。他に飲み物らしい飲み物といったら……冷蔵庫の中の発泡酒と栄養ドリンク。そして水道水。ダメだ。

諦めて、手ぶらで居間に戻る。

コートを脱いだ大塚鴇子は、炬燵の一隅にちょこんと座っていた。

……不可思議。

実に不可思議な光景だ。

見慣れた自分の部屋の中に、見慣れぬ女の子がいる。

しかも、これ、異母妹。昨日まで存在すら知らなかった腹違いの妹。

冗談みたいなホントの話。

僕は大塚鴇子の正面にゴソゴソと座った。

蛍光灯の下で改めて見ると、目のパッチリしたなかなか可愛らしい子だ。色白の小さな顔に、つるんとしたボブカット。今は三月、春休みの時期だから、本当についこの間まで中学生だったということになる。……なんか、中学生って、ちっさいな。こんなに幼い感じがするものなのか。まだ全然子供なんだな。

ちなみに僕は子供が苦手だ。

苦手というか、接し方がわからない。これまで接する機会がほとんどなかったので、完全に未知の領域。でもまあそれが普通なのだと思う。僕と同年代の独身男で子供と接する仕事でもないのに「子供大好き！　子供のことなら任せて！」ってやつ、見たことない。というか、そんなやつは危ない。

てなわけで。

子供と一対一になってしまった今この瞬間、僕は非常に困惑している。

どう接すりゃいいんだ？

おまけに女の子だし。

何をしゃべればいい？

これで相手が男だったなら、もうちょっとどうにかなったかもしれないんだけど。

オンナノコだし……

だからといって、ずっと黙ったままでいるわけにもいかない。

話題を捻り出してみる。「あんま、似てないね」

「え？」

「いや、君がさ、親父に、上野蔦夫に、あんまり似てないなって」

「はあ、えっと……そう、ですね。はい。お母さん似だってよく言われます」

「僕も母親似なんだ。お互い、助かったよね」

大塚鴇子は「はは……」と遠慮がちに笑った。

ううむ。なんとも楚々とした娘ではないか。

目の周りを黒く縁取り、爪を魔女のように伸ばし、極端に短いスカートを穿《は》いているにもかかわらずバーンと足を開いて座って、ケータイいじりながらヒャーハハハと馬鹿笑いしているのだけが女子高生ではないのだ。認識を改めなければ。

「あの、でも、私たち、名前が似てます」

「名前？」

上野鶯介
大塚鴇子

「……似てるか？」

「似てますよ」

話題を見つけられて嬉しいのか、声がピョッとワントーン上がった。

「どちらも鳥の名前が入ってます」

「ああ」

そういえば、上野家の名付けに関して、鳥の字を入れるとか入れないとか、なんかそんなような話を聞いたことがあるような。ないような。

いや、そんなことよりも。

僕たちにはきちんと確認しておかなければならない問題がある。

「あのさ、訊いていいかな」

「はい」

「なぜこの住所を知ってたの」

「お父さんから聞きました」

「親父が、上野蔦夫が、この住所に来いと、そう言ったの？」

「はあ」

「おかしいな。僕は全然その話聞いてないんだよな。大体、なんで自分ちじゃなく僕んちを教えたんだろう。僕に知らせもせずに」

大塚鴇子も小首をかしげる。「さあ……」

彼女もまたこの状況に困惑しているのに違いない。指示された場所に素直に赴いて、まさか異母兄がひとり暮らししているアパートに辿り着くとは、思ってもみなかっただろう。

気丈に振る舞っているように見えるが、初対面なのにいきなり一対一になってしまってビクビクしているのは、僕よりもむしろ彼女のほうではないだろうか。

あのクソ親父め。ホントどういうつもりだ。

現実的な解決手段として、親父の携帯電話にかけて事情を訊いてみよう——といきたいところだが、僕は親父の携帯番号を知らないのだった。

別に親父を避けているわけではない。単に、尋ねる機会がなかったのだ。必要性を感じたこともなかった。もし何かあったら実家の電話から知らせが来るだろうし。

現代日本に生きる成人男子の一体何割が、自分の親父の携帯番号を把握しているだろう？

とりあえず、実家の電話にかけてみる。

が、出ない。

困ったな。

こうなれば、母のケータイにかけるしかないか……今の母に隠し子の話題をふるのは、できれば避けたいのだが。致し方あるまい。

母の携帯番号にかけようとした、そのとき。

ぐぅー。

間抜けな音が六畳間に響いた。

大塚鴇子はパッと俯いて腹を押さえた。「ごめんなさい」

そして僕は重大な見落としに気づいた。「鴇子ちゃん、いつから待ってた？」

「えっ」

「何時にこのアパートに着いた？」

「えっと……さっき、です」

「だからそれ何時？」

「……六時くらい」

「六時⁉」

棚の上の時計を見る。

現在、十時ちょい過ぎ。

「四時間も待ってたのか！」

「はあ……」

「晩飯は」

「食べてませんが……でも、その、いいんです」

「よくないよー、マジかよー、ごめんなー、なんか」

「いいんです。だって上野さんお仕事だったんですよね」

いや。

飲みに行かなければもっと早く帰ってこれました。

一気に罪悪感が押し寄せてくる。

僕は炬燵から這い出た。

「なんか食べなよ。カップラーメンでいい？　それが一番早くできるし」

「いえ、そんな、いいです、大丈夫です、一日くらい……」

そんなわけにいくかよ～

頼むから何か食ってくれよ～

僕は再び台所に行くと、ヤカンを火にかけ、シンク下を覗いた。会社近くのディスカウントストアでまとめて購入した叩き売りのカップラーメンが、まだ残っていたはず――と思いきや、残量ゼロ。しまった。そういえば、このあいだ最後の一コを食べてしまったのだ。忘れていた。シンク下に残っているのは、有名ラーメン店主とコラボレーションしたことを謳《うた》う質も値段もハイエンドなカップラーメン。こだわりの醤油味。秘伝のチャーシュー付き。

すぐに提供できる食料はこれしかない。

これしかない……

後ろ髪を引かれる思いだったが、これしかないのだから仕方ない。「調理方法」の表示通りにかやくを入れ、お湯を注いで、居間に戻った。割り箸を添えて目の前に置いてやると、大塚鴇子は「ありがとうございます」と頭を下げた。

「すごい。カップラーメンだ」

すごい？

食べ物を前にして、表情がほっこり緩む大塚鴇子。

やはり空腹は辛かったに違いない。

ハイエンドな品であるため（？）、麺の待ち時間も長めの四分間だ。黙って待っているのもアレだから、テレビをつけた。笑い声の絶えないバラエティ番組が沈黙を埋めてくれる。こういうときテレビはありがたい。

四分後。

「いただきます」

大塚鴇子は麺をズゾー、ズゾー、と勢いよくすすった。

実に気持ちのいい食べっぷり。

……むかし付き合っていた女の子のことを思い出す。

彼女は、欧米育ちでもないのに「麺をする」ということができなかった。本人曰《いわ》く「うまくちゅるちゅるできないの。はぐはぐーってなっちゃう。だって麺って長くない？　息が続かないよー。みんな、よくすすれるよね」とのこと。本当にすることができなかったのかどうか今となっては不明であり、もしかしたら彼女は自身の女子力の高さをアピールしたかっただけかもしれないが、麺好きの僕は「メンドくせ」と少々引いていた。しかし、だからといって彼女を嫌いになるということもない。人間誰しもワケのわからん欠点の一つや二つ抱えているものだ。「可愛いと思ってもらいたい」という気持ちから出た発言なのだと思えば、たしかに可愛いとさえ思えた。

ただ引っかかるのは、彼女は「麺をすすれない」と主張していたにもかかわらず「ラーメン大好き」を自称していた、ということである。そんなことってあるのか？　矛盾してないか？　それはともかくとしても、「このお店テレビでやってたの。流行《はや》ってるんだって。おいしそうだから行こうよう」と誘われ、一時間並んでやっとありつくことができたラーメン——やたらに高額なそのラーメン、僕が奢《おご》ることは暗黙の了解であるそのラーメンを、彼女が一口ずつ、ゆっくり、もちゃ、もちゃ、もちゃ、と口に運び上げる様を——あるいは、レンゲに麵少量とスープ少量とネギ少量を入れて「見て見て、プチラーメン！　可愛くない？　写メっちゃお」と遊ぶ様を——とっくに食べ終えている僕は「ああ……麵がのびる！　スープが冷めてしまう！」と、いつもソワソワしながら見ていた。ソワソワどころかイライラしていた。主にそれが原因でというわけではないが、彼女とは数ヶ月で終わった。スープと共に僕の心も冷めてしまったというわけだ。うまいこと言った。

「ごちそうさまでした」

麵を最後の一本まで食べ尽くし、よほど美味かったのかスープもキレイに飲み干した大塚鴇子は、洟《はな》をぐすぐすさせながら申し訳なさそうに言った。

「ティッシュもらっていいですか？」

さすがに僕もこれを渋るほどケチではない。

手近にあったティッシュ箱を差し出してやる。「腹は膨れたかい」

「はい。ありがとうございました」

温まったせいか頰と鼻先がほんのり赤い大塚鴇子は、ティッシュペーパーで鼻を押さえながら笑った。

「カップラーメン食べたの久しぶりなんですけど、最近のカップラーメンっておいしいですね」

ハイエンドなやつだからね。

大塚鴇子は食べ終えたものを自分で流しに持っていこうとしたが、トイレ行くからついでに、と言って僕が引き受けた。

トイレに入って用を足しながら、ふと考えこむ。

……水、流さないとな。

実は僕は、水道代節約のため「小だけなら水を流すのは二回に一度」と決めていた。いいじゃないか、別に。ひとり暮らしなんだから。僕以外の人間は使わないんだから。だって一回一回流すのもったいないじゃないか。エコだよ、エコ。

まあ、水のことはいい。

今は贅沢に「一回に一度」流そう。どうせ今夜だけだ。

それよりも、大塚鴇子の処遇をどうするか。

彼女はどういうわけか間違ってうちに来てしまったわけだが、だからといって、こんな時間に未成年を外に放り出すわけにいかないし――

やはり、うちに泊めるしかないよな。

でも、大丈夫なのか、それ。

血が繋がっているとはいえ、ついさっき出会ったばかりの女の子と同室で眠るっていうのは、ちょっとどうかと思うのだが。

僕が彼女に対して何か条例に引っかかるような真似をする危険性がある、ということでは無論ない。あんな子供、触ろうとも思わない。そういう下世話な話ではなく、女性に対するマナーの問題だ。

この部屋は今晩彼女に明け渡し、僕は友人宅にでも泊めてもらおうか、と思ったのだが——大塚鴇子のやたらに気を遣う性格を考えると、大袈裟にするとかえって恐縮させてしまうような気がする。僕自身も「そこまでする必要あるか？」と思うし。微妙なところだ。

そんな僕の気回しは無駄に終わった。

居間に戻ると、大塚鴇子は炬燵に半身を突っこんだまま持参のボストンバッグを枕にして横になり、すでに寝息を立てていたのである。

「マジか」

とボヤきつつ、まあそうなるよな、とも思う。あったかい炬燵に入って、そのうえ腹まで膨れたら、誰だって気が緩んでしまうだろう。四時間待っていたというのが本当なら、相当疲れているだろうし。

　僕はベッドから毛布を引っ張り出すと、横になった大塚鴇子に掛けてやった。このときの僕の手つきのギクシャクっぷりは、思い返すだに自分でも笑える。

　それから僕は、枕と掛け布団を抱えて台所へ移動。

　居間と台所の間の引き戸を、そーっと閉じた。

　掛け布団を縦半分に折って寝袋のような状態にし、隙間に潜りこんで横になる。が、思っていた以上に寝心地が悪い。三月とはいえまだまだ寒いわけで、フローリングの床は氷のような冷気を放っている。最悪だ。寝違えてしまいそうだ。しかし、布団の中が温かくなってくると、自然と眠れた。僕も疲れていたのだろう。


　ひとり暮らしのアパートの部屋に、突然、異母妹が押しかけてきたとしても、仕事には関係ない。

　翌朝、僕はいつも通りに出社した。


　道の凹凸に合わせてごとごと揺れるバス車内。

会社方面に向かうバスは、アパートから徒歩三分のところにあるバス停から出てお
り、便利だ。
本当は、自分の車が欲しい。車で通勤したい。でも、ローンを組まなきゃいけない
ことや維持費を考えると、現状、購入は現実的ではない。
名も所属も知らぬ真面目そうな勤め人たちに紛れて吊り革を握り、いつもと代わり
映えのしない車窓の光景を眺めながら、今朝、目が覚めてからアパートの部屋を出る
までのことを回想する。
どうにも釈然としない心持ちで――

ぴよぴよ。ぴよぴよ。ぴよぴよ。
聞き慣れないファンシーな音で目が覚めた。引き戸一枚隔《へだ》てた居間から聞こえてく
る。自分がクソ寒い台所の床で寝ていることを認識し、と同時に、昨夜我が身に起こ
った嘘のような現実を思い出した。寝《ね》ぼけ眼《まなこ》で、枕元に置いておいた携帯電話の時計
を確認。七時ちょうど。しまった、寝すぎた。
僕が身を起こすのとほぼ同時に、居間のアラームも切れた。
俄《にわ》かに物音と人の気配が生まれ、

「ごめんなさい、すみませんでした」

　おはようと言うよりも先に大塚鴇子は頭を下げた。その動きに合わせて後頭部の寝癖が弾んだ。

　僕は「いいよ別に」と答えながら、一晩中つけっぱなしだったおかげで温かい炬燵に足を突っこんだ。天気予報を見たいのでテレビをつける。

「ごめんなさい、いつの間にか寝ちゃってて、ちょっとウトッてしただけだと思ったら気づいたら朝で、すみませんでした、上野さん台所で寝たんですね、ごめんなさい」

　ものすごい勢いで謝る大塚鴇子。

　ボストンバッグを枕にしていたためだろう、右の頰にファスナーの跡がついている。

「いいって。どのみち君を泊めるしかなかったし、泊めるとしたら僕は台所で寝るしかなかったし」

「ごめんなさい……」

「さっきのアラームって、ケータイ？　ぴよぴよ鳴ってたヤツ」

「あ、はい。毎朝これで起きてます」

　大塚鴇子は携帯電話を炬燵の上に置いた。薄い水色で、丸っこいフォルム。ストラップはひとつ、小鳥の形をしたシルバーのチャーム。

この子、ケータイ持ってたのか。

「うるさかったですよね。すみません」

「いや、むしろ助かった。起きなきゃいけなかったから」

今日も一日気持ちよく晴れるでしょう。

お天気おねえさんが笑顔で告げる。

「それより君さ、今日はどうするの」

「え」

「当初の予定通り、僕の実家に行く？」

「……はい、そうしないと……はい」

「うーん」

ひとまず、自分の携帯電話から実家の電話にかけてみた。

朝のこの時間なら出るだろう。

と思っていたが出ない。

「どうなってんだ？」

ちょっと不安になってしまう。

平時であれば半日連絡がつかないくらいで訝《いぶか》しんだりはしないのだが、なんといっても今現在、戦争一歩手前の緊張状態なので……

オカンがオトンを刺して逃亡してたりして。なーんて。さすがにそれはないだろうが、でも気になる。

ここはひとつ、大塚鴇子に先鋒を任せよう。

「行き方わかんないよね」

「はい」

通勤鞄からメモとペンを取り出し、実家の住所を書いた。でもこれだけじゃわかりにくいだろうと思い、バスと電車の乗り方も、一応、書いてやった。

「はい、これ」

「ありがとうございます」とメモを両手で受け取った大塚鴇子は、文面をまじまじと眺め、頷いた。「これなら行けそう」

「僕が一緒に行くのが一番確実なんだろうけど、悪いけど仕事あるんで」

「大丈夫です。ひとりで行けます」

「そう。で、僕さ、今日早めにうち出なきゃいけないんだわ。九時半に外で打ち合わせあるんだけど一回会社寄らないといけなくて」

「そうなんですか。じゃあ、私も一緒に出なきゃ」

「いや、君は別に急がなくてもいいんだけどさ」

「でも」

「だって顔とか洗いたいでしょ」

「えっ」と大塚鴇子は両手で自分の顔を挟んだ。「私、顔、汚いですか」

「汚くはないけど」

子供とはいえ女性なら支度にそれなりの時間がかかるものなんじゃないの？

居間の隅の棚から、合鍵を取り出す。

「君が出るとき、これで鍵かけといてくれる？　使ったら新聞受けに放りこんどいてくれればいいから」

「なるほど」

別に目新しい方法でもないと思うのだが、大塚鴇子はユリイカと叫ばんばかりに目を輝かせた。若いなあ。

僕は帰宅したときのままの服装で就寝し、そして今また、この服装で出社することにした。大塚鴇子の前で着替えるわけにもいかないのでやむを得まい。大体、「昨日と同じ服で出社」なんてことは、ザラにある。色っぽい意味合いではなく、ズボラ的な意味で。

顔を洗いながら、己の部屋の仔細を思い浮かべる。

部屋の中に、大塚鴇子に見られて困るようなものは、ない……よな？　女性が見たらドン引きするアイテムの代表格であるエロ系鑑賞物は、ほとんどすべて、ノートパソコンの中にある。動画も画像もすっかりデジタルに移行済みだ。いい時代になったものだ。ノートパソコンってのは、中にどんなドロドロしたものを抱えこんでいたとしても、見た目がビジネスライクだからいいね。他は……まあ、大丈夫だな。そういえば朝食をあげていないけど、まあ腹減ってたら勝手に何か食べるだろう。

あとは——そうそう、念のため。

洗ってサッパリした顔をタオルで拭き拭き、居間に戻った。

「あのさ、何もないことを祈るけど、一応、なんかあったときのために、メアド交換しとこう」

「あ、無理です」

即答だった。

耳を疑った。「うん？」

大塚鴇子はけろりと冷徹に繰り返した。「できません」

「う、ん？……あ、そう？……」

なんでやねん。

今の今まで、綱渡りながらも差し障りなく関係を築いてきたというのに、事ここに至ってメールアドレスも教えられないって、それ、どういうことやねん。どんだけ心の壁厚いんだよ。

予期せぬショックのために二秒ほどフリーズしてしまった。

が、テレビの左上に表示されている時計の数字を見て、

「げっ、しまった……ああっ、もう、じゃあ、そういうことで」

コートと鞄を抱え、慌ただしく部屋を出た。

胸中をモヤモヤさせながら。

3

広告料は記事の大きさと掲載順によって変動します。

もっともスタンダードなのが、巻頭特集のすぐ後に来て、一ページの四分の一を使う記事です。たとえば——これは先月号なんですが、これとか、これとか、このあた

りのページですね。

「ふむ」

四分の一といっても結構大きいですから、アイデア次第でいくらでも読者の目を惹きつける記事にできます。写真を複数載せることもできますし、あるいはこの記事みたいに――

「具体的に一記事あたりいくらなの」

あ、はい。

こちらの値段表を見ていただければ。掲載順によっても変わりますが、四分の一記事は、大体、これとこれの間くらいですね。二分の一記事はこちらの表、まるまる一ページ使った記事ですとこちらの表になります。

「ふうん」

時刻は、午前九時四十分。

場所は、先月駅前に新規オープンしたイタリアンレストラン。

開店前に済ませてしまいたいから打ち合わせは九時半からで――と言っていたオーナーさんは、思っていたより若い人だった。三十ちょいすぎくらい。いわゆるイケメン。おしゃれヒゲ。いいシャツ。いい靴。いい時計。カネ持ってそう。

「やっぱ、払った広告料に見合う集客が見こめるかどうかってのが大事だと思うんですけど、どうなの。たしかにおたくのこのフリーペーパーあっちこっちで目にしますけど、こう言っちゃなんだけど地味だしさ。中身も、ちょっとね、これでホントに宣伝効果あるのかなって」

タメ口と敬語がブレンドされたしゃべり方。

ボンボンっぽいな。

こういうタイプは、僕みたいな駆け出しの若造じゃなくて、物腰柔らかな女性が担当したほうが、話がすんなりまとまる気がする。偏見とかではなく経験則として。

案の定、話は流れた。

「では、また、資料など送らせていただきますので、ぜひご検討ください。今日はお忙しい中お時間ありがとうございました」

「はい、どうも。お疲れさまでした」

話の途中からオーナーさんの目つき口ぶりにやる気が失《う》せていて、彼はそれを隠そうともしなかったし、僕も僕でなぜだかわからないけど心が折れつつあったので、もう話を切り上げてさっさと退散したかったというのが正直なところであった。

開店前でがらんとしているホールを横切り、エントランスのドアに手をかけた。すると、背後から「あと、君さ」と声をかけられた。

「はい？」と振り返る。

オーナーさんは自分の襟元を指でトントンつついた。

「営業かけるんだったら、シャツくらいちゃんとしなよ。カネなさそうに見えるよ」

うるせえボケ。

だがおっしゃる通りです。


会社に戻る車内、運転しながらぼんやり考える。

あのオーナーさんみたいな人種って――

いま僕が悩んでいるようなことで悩んだりしないんだろうな。

カネがないとか貯金が増えないとか。三十円高いしめじ買っちまったとかトイレの水いちいち流したくないとか。そんなことで悩んでいる人間はバカみたいに見えるだろうな。こっちの気も知らずに「なんで働いてるのにそんなにカネないの？　別の職さがしたほうがよくない？」とか「若いんだからもっと遊んだほうがいいよ」とか言いそう。悪気なく言いそう。あるいは、哀れんだりするかもしれない。……いや、そもそも、そんなみみっちいことで悩んでいる人間が存在するのだってことすら気づかないかもしれない。

ああいう人種は、もっと別の次元で悩んでて、そのことで頭いっぱいなのに違いない。今年の海外旅行はどこに行こう、とか。カノジョの誕生日にはどのブランドのバッグを買ってやろう、とか。

いいよな、そういうことで悩めるって。

そんな人生なら心に余裕も生まれるだろうさ。

僕もどうせ悩むなら生活に直結しないことで悩みたいよ。

僻《ひが》みたくて僻んでいるわけではない。

妬《ねた》みたくて妬んでいるわけではない。

でもこれが現実なのだ。

愛や夢や希望や努力などといった理想論では覆しようがない、望むと望まざるとにかかわらず与えられた僕の「身の程」。「こんなはずじゃなかった」なんて、言うだけ無駄でむなしいってこと、そろそろ悟らなきゃいけない。

あー、くそ。

宝くじ当たれ。

僕と十条は高校のときの同級生だが、当時は特に親しいわけではなかった。同じクラスになったこともない。ときどき見かける友人の友人、くらいの距離感。この店で偶然再会したときも、お互い「あれ、もしかしたらこの人、同級生だった……ような気がする」程度の認識だった。

でも、高校のときのお互いをあまり知らないからこそ、今、気楽に付き合えているのだと思う。

「なあ、ちょっと話聞いてもらっていい？　なんかモヤモヤしててさ、すんごく吐き出したい気分なんだ、今」

僕にしては珍しく二日連続で飲みに来たりしている時点で、十条にはピンと来るものがあったらしい。今日も今日とてカウンターの中でグラスを磨いていた彼は「俺でよければ」と鷹揚《おうよう》に頷いた。

「ちょっと重い話なんだけど」

「ほー」

僕は店内に視線を巡らせた。

まだ少し早い時間のためか、客は僕しかいない。

僕は一昨日《おととい》の夜から始まった災難のことを、順を追って話した。

親父に愛人と隠し子がいた、と母親から電話で告げられたこと。

昨夜、飲んで帰宅したら、くだんの隠し子がうちの前にいたこと。

遅い時間だったのでやむを得ず隠し子をうちに泊めたこと。

そして、今朝、彼女にメアド交換は「無理」と言い放たれたこと。


改めて並べてみると、なかなかにヘヴィーだ。

職場の人に聞かせられる内容ではない。だからといって、久しく会っていないような友人にわざわざ電話をかけて相談するほどのことでもない。その場限りで愚痴らせてくれればいい。ヘンに気を遣われたり干渉されたりしたくない。

そういう意味で、十条はちょうどいい立ち位置にいた。

すべてを聞き終えた十条は「ふーん」と唸って、開口一番、何を言い出すかと思えば「いいなあ。その歳で妹できて」

「はあ？」

「俺も妹欲しい」

「バッカか、なんもいいことねーよ、つーか、妹っていっても腹違いだし、むしろ気まずいし気ィ遣うし」

「いやあ、それはそうなんだけど、でもやっぱちょっと羨ましいよ。俺もひとりっ子だからさ、弟とか妹、欲しかった。しかも、何かと面倒な幼児時代をすっ飛ばして、いきなりお年頃だろ？　いいじゃーん。これからキレイになっていく一方じゃん。楽しみだねー」

「ロリコンなの？」

「なんですぐそういう方向に考えるかなあ。俺が言いたいのは、百パーセント純粋な気持ちで成長を見守ることができる女の子がいるのって羨ましいなあってこと。可愛い女の子が健気《けなげ》に頑張ってる姿って癒されるよね」

「他人事だと思って」

「いやいや、ホントにさ、この歳になってじわじわ実感するようになってきたんだけど、女の子に限らず若い子が頑張ってる姿って、なんかいいよね。泣けてこねえ？　甲子園とか合唱コンクールとかさ、涙がこぼれるとまではいかなくても、目頭が熱くなるっていうの？　ほんの少し前までは、そんなん見ててもなんも感じなかったんだけどねえ。なんなんだろうね、これって。もしかしてこれが歳を取ったということなのだろうか」

「知らねえよ」

話ずれてきてるし。

しかし、こうやって冗談っぽく聞き流してくれるのは、むしろありがたい。深刻な話だってことは自分が一番よくわかってるんだ。第三者にまで深刻な顔をされたら、話を持ちかけたこっちがかえって気を遣っていたかもしれない。

笑い話になったことで、ちょっと気が紛《まぎ》れたかも……。

持つべきものはバーテンダーな友人か。

十条は肩をすくめた。「しかしまあ、なんというか、たしかに妙な話だよね」

「そうだろ？　なんだよ『無理』って」

「え？　いや、ソコじゃなくて。つーかおまえが引っかかってんのってソコなのかよ」

「悪いか」

「心の狭いオニイチャンだな」

「だってさ、ラーメン食わせてやってさ、一晩泊めてやってさ、アポなしでいきなり来たにもかかわらず、かなり親切にしたつもりなのに、それでメアド教えるのは『無理』ってどういうことだよ？」

「なんか失礼なことしたんじゃないの」

「俺ァつとめて紳士だった！」

「あっそ」

「一体何を警戒しとるのかね？　僕はそんなに不審者に見えますか？　メアド教えたらヤバいように見えますか？　血が繋がってるんだぞ？　別に下心とかねーし。悪用しねーし！」僕は勢いに任せて目の前の生ビールをギュッと呷《あお》った。

「個人情報教える教えないに関しては彼女なりの基準があるんだろう。女の子なんだし、ちょっと慎重なくらいでちょうどいいと思うけど」

「十条くんは女に対して点数が甘くないですか！」

「普通だろ」

「『無理』って言い方がヒドくね？」

「なんか『無理』って言われたことに対してやけに突っかかるな。『無理』の一言でフラレた痛い記憶でもあるの？」

私、上野くん無理。ごめん。
by　初恋の同級生

「うるせー！」

「あれえ、図星か。ごめんごめん」

十条はアイスピックを取り出すと、でかい氷をこつこつ砕き始めた。

「俺が妙な話だって言ったのは——いや、その前に、ちょっと疑問なんだけどさ。なんで親父さんは、十五年放っておいた鴇子ちゃんを、今になって、今さら、認知しようと思ったんだ？」

「知らね」

「愛人さんのほうはなんて言ってるの」

「さあ」

十条は顔を上げ、眉をひそめた。「なんで知らないの」

「なんでって。オカンは何も言ってなかったしなあ。そもそも、僕に、愛人さんの意見を聞く手段はないし」

「つまり、おまえは、親父さんが十五歳の鴇子ちゃんをいきなり認知しようと思った理由や、愛人さんが今どこで何をして何を思っているのかってこと、知らないんだな」

「うん」

十条は氷を砕きながら首を捻った。「どうも、上野くんは、知っておくべきことを知らされていないような気がするな」

「なんだよそれ」

「第三者的に言わせてもらうと、さっきの二点は、この騒動を語る上で外せない重要なポイントだと思うんだよね。それを、一応当事者である上野鷲介が知らされてないって、ちょっと不自然。これを知らないまま悩むのも、ちょっとズレてる」

「……そうかなあ」

「あのさ、今回の騒動で、愛人さんは主要人物なんだぜ。主要人物が何もしゃべらないんじゃ話が進まないのは当然だろ。愛人さんの言い分を抜きにして話を組み立ててしまったら、真実とはかけ離れたストーリーになるぞ」

「はあ」

「親父さん、もしくはおふくろさんは、まだおまえに話していないことがあるんじゃないか？　というか、おまえ、親父さんやおふくろさんにちゃんと話聞いた？」

「聞いたよ」

「ホントかよ？　じゃあなんでそんなに状況を把握できてないの」

その言い方に、ちょっとムッと来た。

なんで僕が責められなきゃいけないのか。

「どうせ僕は余裕のない男ですよ」

「そういうことを言ってるんじゃなくてさ、」と十条が言ったところで、新たな客が入ってきた。男女五名さま。店内は一気に賑やかになる。

切り上げ時だな。僕は席を立った。

代金を払っているときも十条は何か言いたげだったが——どうだろう、そう見えただけかもしれない。それよりも僕は、今夜ここの払いをしたことによって財布の残金が三桁になってしまったことのほうが心に負担だ。


カネがないから気持ちに余裕がなくなるのか。

気持ちに余裕がないからカネがないことも気になるのか。

どっちだ？


自宅に戻ったのは十九時くらいだった。

えらく早く帰り着いてしまった。

しかしすることもない。

僕は無趣味なんだ。つまんねー男だ。親父のことをとやかく言えない。

着替えもせず炬燵に足を突っこんで、二十四時間営業のドラッグストアで購入したペットボトルのお茶をちびちび飲んでいた。

五百ミリリットルのペットボトル飲料に関しては、いつも安売りされているものを購入するようにしているので、定価で購入することにものすごく抵抗を感じてしまう。

ニュースの中で、ベテランっぽい男性アナウンサーが、マルチ商法疑惑の健康食品会社摘発のニュースを伝えている。被害総額は数十億円になるとかで……それを聞いて僕が思うことはただひとつ、「カネはあるところにはあるのだ」ということ。

チャンネルを替えた。

お笑い芸人たちが無茶をするバラエティ番組を観《み》るでもなく観ながら、大塚鴇子はどうしただろう、と頭の片隅でぼんやり考える。無事に辿り着いただろうか。実家に電話して確認するべきかな。

……いや、いいか。何かあったら向こうからかけてくるだろう。

ああ、もう、なんか……いろいろ考えるのメンドくさいな……

「へへ」

最近テレビでよく見かけるようになった若手芸人が、ちょっと面白いことを言った。

バラエティ番組は頭を使わずにダラダラと観ていられるからいい。

ピンポーン。

玄関のチャイムが鳴った。ふだん滅多に鳴らないので、ものすごく驚く。ビクッと飛び上がった拍子に、ペットボトルのお茶をほんの数滴だがこぼした。くそ。

ピンポーン。

僕は居留守を決めこむことにした。部屋の電気がついているから在宅であることはバレているだろうが、夜の訪問者なんてろくなもんじゃないに決まってる。勧誘とか、勧誘とか、勧誘とか、どうせそのへんだ。

ピンポーン。

しつこいな。

まあでも放っておけばそのうち去るだろう。

そう思っていたのだが。

ピンポーン。

ピンポーン。

「うるっせえ！」

たまらず僕は立ち上がり、玄関へ向かった。なんなんだよ。くそ。悪質なようなら

警察を呼んでやる。怒り心頭でドアスコープを覗き、

「えっ」

急激に頭が冷えた。

チェーンを外して玄関ドアを開ける。

そこに立っていたのは。

「鴇子ちゃん？」

4

現在カノジョなし。

作る努力もしていない。

出会いがない、というのも理由のひとつだろうか。職場で顔を合わせる女性はほとんど既婚。営業先で可愛い独身女性を見かけることはままあるが、取引先と個人的に親しくなる努力をする意欲が湧いてこない。……あれ？　ということは、出会いがないわけではないのか。まあ、でも、あってないようなもんだよな。

僕の「恋人を作るモチベーション」は、現在、地を這っている。

いればいいと思うことはあるけど。

いなきゃいないでどうにでもなるし。

いなきゃ死ぬってものでもないし。

男女交際って何かとカネかかるし。

面倒なんだよな。

もしかしたら、僕のように、若いくせに枯れてしまっている男を草食系と言うのかもしれない。個人的には「草食系男子」って言葉には嫌悪感と違和感を覚えるのだが、でも、事ここに至って我が身を振り返ると、なんだか草食系という言葉、言い得て妙な気がしてしまう。

でもさあ、カネも夢も希望もなく、あるのは将来への不安だけ、という若い男が草食系になってしまうのって、致し方ないことじゃないか？　こんな状況下にありながらそれでも肉食系になれるヤツって、そいつ、生物学的におかしいか、そうでなかったら肉欲に現実逃避してるかの、どっちかじゃないの？　……なんて、今の僕が言っても負け犬の遠吠えでしかないわけだが。

それはともかく。

差し当たって問題なのは、大塚鴇子だ。

なんか昨日の夜も同じようなことを言っていた気がするが。

「すみません、あの、ごめんなさい、戻ってきちゃって。でも私、このへんだと上野さんのおうちしか知らないので。ごめんなさい」

開口一番で大塚鴇子は謝った。

よく謝る子だ。

「どうしたの」

とりあえず家に上げてやる。

炬燵に足を入れることもなく、小さくなって正座して、大塚鴇子は申し訳なさそうに言った。「辿り着けなくて」

「メモわかんなかった？」

「いえ、あの」と妙に口ごもる。「そこまで行けなかったというか」

「そこまでって？」

「これなら行けそう、と思ったんですけど」

「？」

「途中で、道がわからなくなってしまって」

「道？　駅から実家までの道？」

「いえ、あの、駅までの道……」

「駅までの？」

　不可解。

　ここから実家までは、バスと電車を乗り継がなければならないが、だからといって決して複雑な道程ではない。すぐそこのバス停からバスに乗って、市内では一番大きなターミナル駅まで行き、その駅から電車に乗って、実家最寄りの駅まで行けばいいだけだ。簡単だ。一番の難所は、駅から家までの徒歩過程だろうが、駅前に交番があるからいざとなればそこで訊けばいいのだし、大体あのへん一帯はまだまだ田舎《いなか》で、さほど家屋が密集しているわけでもないから、メモに書かれた番地を辿っていけば簡単に着けるはずだ。

　一体何がわからなくなるというのか。

「どこで迷ったの？」

「どこかはわかりません。でも、一回大きな道を外れてしまってから、どこをどう通ったのか、自分でもわからなくなってしまって。だんだん暗くなってきたし、今日はもうダメだと思って、だから引き返してきたんです」

「……ちょっと待った。なんの話してる？　大きな道って？　大きな道を歩いて通ることなんかないだろ？」

「歩いて行ったので」

「どこまで？」

「ここから、ずっと」

「まさか」思わず目を瞠《みは》った。「ここから実家まで歩いて行こうとしたのか？」

大塚鴇子はおずおずと頷いた。

僕は絶句した。そりゃ迷うよ！　バスと電車で二時間かかるんだ、歩いたら何時間かかる？　僕だって辿り着けるかどうか怪しい。

「どうしてそんな無謀なこと！」

怒っているわけではなかったが、つい、声が大きくなった。

大塚鴇子はびくりと顔を上げた。「おカネ、なかったので」

「おカネ――」

腑に落ちたような、落ちないような。

気が抜けたような、抜けないような。

妙な、なんとも言えない気持ちが押し寄せてきて、どっと疲れた。

いや。

僕はもうずいぶん前からずっと疲れ続けている。

「鴇子ちゃんさ、」

溜め息を押し殺す。

ここで溜め息を思いきり吐くのは、あまりにもこれ見よがしだろう。

「一回お母さんのとこ帰ったほうがいいよ」

「え」

「そうしなよ。今回は諦めてさ」

「でも」

「お母さんも心配してるんじゃない？」

いいや、違う。

もっともらしいことを言ってはいるが、僕は単に、彼女に帰ってほしいだけなのだ。

もう勘弁してくれ、と、内心ではそう思っているのだ。

「資金が尽きたのなら尚更《なおさら》だ」

彼女からしてみれば、僕はすっかり大人に見えるかもしれない。

たしかに僕は、社会的には大人なのだろう。

でも、その実、自分で自分の未熟さを持て余すくらいに未熟だ。

与えられた仕事をそれなりにこなすことにも、周囲の大人と齟齬《そご》なくうまくやっていくことにも慣れてしまった今、ヘタしたら、大人になろうと気張っていたガキのときよりもガキかもしれない。

「間が悪かったんだ。そういうこともあるよ」

他人に対して責任を持つ余裕がないんだ。だって、自分のことだけで精一杯だ。金銭的にはもちろん精神的にも安定感が欠けているから、自分ではどうにもならないことに対して妬んだり僻んだり悩んだり悔やんだり、そんなことだけで、もう、ヘトヘトになってしまう。

だから、僕みたいのは、ひとりでいるのがいいんだ。

君のことはこれ以上構ってあげられない。

「悪いんだけど今日は泊めてあげられないんだよね」

嘘をつくことも平気だ。

嘘をつきながら笑顔を浮かべることもできる。

人生経験は大して積んでいないくせに、こんなことだけうまくなってしまった。こんな大人になりたかったわけじゃないが、なってしまったものは仕方がない。

大塚鴇子は何か言いたげな目をしている。「あの」

「春休み、まだあるんだろ。出直せばいいじゃん」

「でも私」

「ああそうか。おカネないんだっけ。貸すからさ」

通勤鞄を引き寄せて財布を取り出すが、そういえば今、札を切らしているのだ。ださいなー自分。

居間の隅の棚の、今朝合鍵を引っ張り出したのと同じ抽斗《ひきだし》から、千円札を取り出した。急な出費があったときのために常備してあるカネなのだが、週末などATMからおろし忘れたときなんか、ここからちょこちょこ抜いているので、現状三千円しかない。ホントださい。

「これで足りるかな」

ほとんど無理やりカネを渡すと、大塚鴇子はもはや言い返すことも抵抗することもなく、「お邪魔してすみませんでした」とだけ言って、静かに部屋を出て行った。遠ざかる足音を聞きながら玄関の鍵を閉め、居間に戻り、ひとりで炬燵に入り、相変わらず無茶を続けているお笑い番組を前にして――僕は「ああもうバカやろー」と顔を伏せた。なんだか、ものすごく、ものすごく、ものすごく恥ずかしかった。いたたまれなかった。全部、自分の意志でやったことなのに。後悔するくらいならやらなきゃいいのに。今さら。

初対面の営業マンをファッションチェックするボンボンオーナー。
夜中にカネだけ渡して十五歳の女の子を外に放り出す貧乏会社員。
人間としてマズいのは、
どっちだ？

突然、炬燵の上の携帯電話が鳴り出した。
ギクッと飛び上がってしまう。今夜何度目だ。
ディスプレイに表示された発信者は「実家」。
僕は慌てて電話を取った。

5

慌ただしくコートを羽織り、靴をつっかけて、僕は部屋から飛び出した。

冷たい風に身がすくむ。春間近とはいえ、夜はまだまだ寒い。

夜中に追い出された十五歳少女が行きそうな場所ってどこだろう？　パッと思いつくのは——コンビニエンスストア、二十四時間営業のファストフード店、ファミリーレストラン。カラオケ店なんかもさがすべきだろうか？　ああ、やっぱり無理やりにでもメールアドレス聞き出しておくんだった。

とにかく早く見つけなければ。

アパートの外付け階段を駆け降り、僕は走り出した。

先ほどの、母との会話を思い出しながら——

『きのう電話した？　着歴残ってたんだけど』

「したよ！　なんで出てくれなかったんだよ」

『急ぎの用だったの？　じゃあケータイにかければよかったじゃない』

……そうなんだけどさー。

タイミングっつーもんがさー。

『というか、あんた、私の話聞いてなかったの？』

「え？」

『お母さんは一泊旅行に行くって言ったでしょ』

「りょこお？」

『何よ、その、今初めて聞きましたみたいな言い方。やっぱりちゃんと聞いてなかったのね。私はちゃんと言いましたからね。まったく、男の子って……ホントいい加減なんだから……』

「いつ行ってたんだよ」

『だからー、きのう今日よ。今さっき帰ってきたところ。温泉旅館に一泊。ほら、お母さんが通ってるフラワーアレンジメント教室の先生がね、ここら一帯の大地主の奥さんだって話、したでしょ』

「……はあ」長い話になりそうだ。

『その大地主さんがね、いろんな関係でいろいろ株持ってるんですって。その株主優待だかなんだかの関係で、なんとかっていうホテルチェーンの系列の旅館に、格安で泊まれるってわけ――って、これ全部、この前も話したんだけど』

「すいませんね」

『先生と教室の仲いい人たちとで行ってきたんだけど、もーホントすっごくいいお宿だったんだから。さすがよねー。お風呂もよかったわよ、広々しててねー』

「いやあの、それより」

『晩ごはんもすごいの、すごい量。食べきれなかったわよ。あんたくらいの歳の子だったらちょうどいいのかもしれないけどお母さんくらいになるともうあんなの無理。みんなしてタッパー持ってくればよかったわーなんて言って』

「っていうか、よく、まあ、こんなときに旅行なんて……」

『こんなときって？』

「親父に愛人発覚して隠し子発覚してその子を認知するしないってときだよ」

『やだあー、それこそ関係ないわよ！　ずっと楽しみにしてた旅行だもの。お父さんの都合くらいで取り消しになんかさせないわ』

「……」

『あんたはそう言うけどね、いいタイミングだったわよ、逆に。奥さんたちにじーっくり相談できたし』

「話したのかよ⁉」

『いけない？』

「だって、そんな、人にペラペラしゃべるようなことじゃ」

『あらーわかってないわね。こういう話は本人たちが隠してたっていつかどこからか漏れて周知になるものよ。オバサンの情報網を甘く見たらダメよ』

「だからって」

『だからね、後々になってバレてやましい気持ちになるくらいなら、もう自分から実は今これこれこういう事情で困ってるんですって言っちゃったほうが楽なのよ。だって別に悪いことしたわけでもないのにコソコソするの嫌でしょう、奥さんたちとはこれからもお付き合いがあるわけだし』

わからない。

僕にはわからない。その理屈……

なんだか頭がくらくらしてきた。「そりゃ母さんは楽だろうけど」

『でもね聞いてもらってよかったわよホントに。中野《なかの》さんなんか親身になって泣いてくれたりねー、あんたも知ってるでしょ中野さん、ホラお習字の。みんないっぱいアドバイスくれたの』

「はあ」お習字の中野さんのことは知らない。

『実体験に基づいた意見だからすごくタメになっちゃった。みんな、なんだかんだで人生経験豊富なのよね。私なんてまだまだ可愛いほうだったわよ。問題のない家庭なんてないのねやっぱり。裕福で幸せそうに見えるけど実は家の中ではー、みたいなこと、いっぱいあるんだわ。あんたもよく覚えておきなさいよ』

「よそのことはいいよ。今大事なのはうちのことだよ……」

『あんたに言われなくてもわかってるわよそんなことは。大体もう認知はするって決まってるんだからそのことについて今さらゴチャゴチャ言うのも』

「へ？　あのちょっと……するの？　認知」

『そうよ。言わなかった？』

「聞いてねえ」

『するのよ。するしかないわよねえ。事情が事情だし。子供に罪はないもの』

「事情って？　親父が認知をする気になった事情？」

『これも言ってなかったっけ？』

「聞いてないって！」

『えー、そうだったかしら。言ってなかったかしら。ダメね、誰に何を話したか忘れちゃうようじゃ。あのね、愛人さん亡くなったのよ』

「え？」

『何年も病がちだったんですって。それが一年前についに力尽きたとかで』


母、曰く。

一年前、大塚鴇子の母親は、長く患っていた病で亡くなった。母親の両親もすでになく、まだ中学生だった鴇子は、唯一の肉親である母親の妹、つまり叔母のところに身を寄せた。しかし、まだ歳若いこの叔母は大学院の研究生、いわゆるオーバードクターというやつで、自身も奨学金とアルバイトなどでどうにかやりくりしている身だった。さらに彼女は、まもなくアメリカに留学することが決まっていた。自分では鴇子を育てることはできないと判断した叔母は、鴇子の父親をさがし始めた。姉からある程度話を聞いていたのだろう。時間はかかったものの、なんとか上野蔦夫をさがしだした叔母は、鴇子のことを伝えた。父はこのとき初めて鴇子の存在を知ったということだったが（身に覚えがあったのだろう）わりとあっさり認知を約束した。

それがつい一週間前。

叔母の留学出立《しゅったつ》ギリギリのことだったという。

「マジかよ」

『ね？　マジかよ、な話でしょ？　マジなのよ。おかしな話よねー』

「なんでそんな大事なこと最初にちゃんと教えてくれなかったんだよ！」

『私ホントに言ってなかった？』

「言ってないって！　さすがにそんな話聞き逃さないって」

『うーん、そうだったかしら。でもたぶんあんたが訊かなかったから言わなかったんだと思うわ』

「僕が悪いんすか」

『悪いとまでは言わないけどねー、でも、あんたに言ってもしょうがないかなって思っちゃうのよ。だってあんたって、いつも、ちゃんと話聞いてくれないんだもの』

親にまでそう思われるとは情けない。

でも……母の言う通りなのだろう。

僕は、おそらく、無意識のうちにも面倒を避けているのだ。面倒くさそうな話に対しては、たとえ自分の中で何かしらの疑問が生じても、あえて深くはツッコまず、何事もなかったかのように済ませようとしてしまうのだ。

今までずっとそうして生きてきて、それがすっかり身についてしまっているのだ。

母との通話を終えてから、先ほどの大塚鴇子との会話を思い出し、すーっと血の気が引いた。

僕は大塚鴇子にひどいことを言ってしまった。

これ以上ないっていうくらいひどいことを。

知らなかったでは済まされないような残酷なことを。

――鴇子ちゃんさ、一回お母さんのとこ帰ったほうがいいよ――お母さんも心配してるんじゃない？――春休みまだあるんだろ。出直せばいいじゃん――

自分の発言の罪深さを思うと、震えが止まらなくなる。

この問題をこのまま捨て置くようなら、僕は本当に最低の人間になってしまう。

というわけで、僕は部屋を飛び出したのだった。

アパートに最寄りのコンビニエンスストアを覗き、交通量の多い国道まで出て二十四時間営業のファミリーレストランを覗く。深夜営業しているスーパーマーケットも覗く。しかし、見当たらない。国道沿いに人影をさがしながら歩く。国道沿いには、ささやかながら飲食店が立ち並んで、コンビニもいくつかある。十五歳少女が入れそうな店舗なら、発見次第、片っ端から覗いていった。

だが、大塚鴇子は見つからなかった。

どこだろう。どこに行ったのだ。

大塚鴇子が行きそうな場所。

出会って日が浅すぎるので、彼女について知っていることは少ない。

僕が彼女について知っていることといえば——十五歳だということ。親父の隠し子だということ。水色の携帯電話を持っているということ。おとなしそうに見えて、寒空の下で何時間も待っていたり、電車とバスで二時間かかる場所に歩いて行こうとしたりと、意外と無謀かつ頑健であるということ。無一文だということ。

……そうだ。カネがない、と言っていた。

だから僕の実家まで歩いて行こうとしたのだと。

それが本当なら……店には入っていないかもしれない。

僕は千円札を渡したけれど、そのなけなしの千円は、すぐには使わず、いざというときのために大事に取っておくんじゃないだろうか。あの子なら。

僕は国道を外れて、一本中の道を進んだ。たしかこのあたりに、公園があったはずだ。用がないので僕は行ったことがないが。

やがて見えてきたのは、そこそこの広さの市民公園。

陽《ひ》の光の下で見れば、キレイに整備された市民憩《いこ》いの場なのだろうが、今はひと気もなく、冷ややかに静まり返っており、近寄りがたい。木々が生い茂っているところなんか、外灯のあかりも届かないから、もう、ただの黒い塊にしか見えない。あそこに誰かが潜んでいたとしても、絶対にわからない。

公園の向こうにある四角張った建物は、小学校だ。当然あかりはついていないから、これもまた黒い塊でしかなく、しかも巨大なので、異様な圧迫感がある。ここら一帯の暗く静かなことといったらもはや異空間のようだ。

僕は覚悟を決めて、公園内を進んだ。

遊具などは見られず、緑や花壇ばかり。

敷地のほぼ中央には噴水がある。しかし今は水が止まっている。

僕の足音しかしないからこそ、夜のしじまが身にしみる。男でも怖いようなこんな時間のこんな場所に、女の子がひとりでいるだろうか？　僕は見当違いなことをしているのではないか？

遊歩道沿いに、ベンチが等間隔で並んでいる。暗いし静かだし、こんなの、絶好のイチャつきスポットじゃないか。人目を逃れてきたカップルが一組くらいいてもよさそうなもんだが……まったくいない。なぜだ。この公園には怖い噂でもあるのか。「夜になると出る」系の。浮かばれない霊とかやばい人とか。もしそうだったらどうしよう。有名な話なのに僕だけ知らなかったとか。

はっと息を呑《の》む。

思わず足を止めた。

外灯の白々しいあかりの中に、人影が浮かび上がっている。厚着で着膨れしている上にマフラーをぐるぐる巻いているのでころころしているシルエット。傍らには、膨れたボストンバッグ。間違いない、大塚鴇子だ。ベンチに腰掛けている彼女の目の前には背の高い男がひとり立っていて、しきりに何か話しかけていた。

ひやっと胃が縮み上がった。

最近届いた防災・防犯情報メールが思い出される——小学校付近で、帰宅途中の児童が不審な男に声をかけられた——男の特徴は二十歳代、身長百七十センチから百八十センチ位、黒髪、黒っぽいコート、徒歩——

あの男が「それ」だとは限らない。

限らないけど、でも。

僕は足早に近づいていった。「ちょっと」

僕を見とめて、大塚鴇子の目と口が丸くなる。「あ」

つられて男も振り返った。ニヤついて緩んだ口元。口元とは裏腹に目は笑っていない。背は僕よりも高いようなのだが、猫背のせいで妙に小柄に見える。険悪な足取りで寄ってきた僕を見るなり、黒目が泳ぎだした。その狼狽《ろうばい》ぶりに殺意が湧いた。

「その子になんか用すか」

「あ、いやあ、別に……こんなとこに女の子ひとりでいるの危ないなあって思って声かけただけだよ。……あー、もしかして、俺、怪しい人に見えちゃってる？　あちゃー、参ったー。全然、違うから。危ないこと考えてたわけじゃないから。てか、あんたこそなんなの」

「兄です、その子の」

「あに？」

男は一歩さがり、僕と大塚鴇子を交互に見た。無意味なニヤニヤを顔に貼り付けたままで。

「えー、へへ、マジい？　ホントかなあ？　ずいぶん歳離れてるみたいだけど」

「腹違いなんで」

冷静に考えれば「腹違い＝歳が離れている」とは限らないわけだが、「腹違い」という単語のインパクトに気圧《けお》されたのだろう。ニヤニヤ男は「そうなんだ」と口ごもりながら、そそくさと退散した。

男が公園から出て行くのを見送り、ようやく僕はどっと息をついた。

背中や腋《わき》に冷や汗を感じる。

「……あっぶないなあ、もう！」

同性に対しては強い態度に出ることができない腰抜け野郎で助かった。いきなりキレたりナイフ取り出したりするようなイッちゃってるやつでなくてよかった。本当によかった。もしそんなやつだったら……うわあ、どうしてただろう。完全に無策の状態で挑んでしまった。改めて冷や汗が出る。

大塚鴇子はおずおずと言った。「危ないことはされませんでしたけど」

えー！

焦燥の遣り場がなく、僕は思わず地団駄を踏んだ。「これからされてたかもしんないだろう！」

大塚鴇子は首をすくめた。「ごめんなさい」

「ホントに危なかったんだぞ、今！」

「ここなら、すぐそこにコンビニがあるから、大丈夫かなって」

そう言う彼女の視線の先には、たしかにコンビニエンスストアがある。道路一本挟んだ向かい側で、走れば十秒とかからないだろうし、たしかに「すぐそこ」と言えなくもない。しかし。

「コンビニの店員が助けてくれるとは限らないだろ～」

「走って逃げこめば」

「足に自信あるの？　成人男性を振り切るタイムで走れるの？」

「どうかな……」

「ちょっともうこわいこわいこわい」

どっと疲れた。

というか、さっきの猫背の男のことは通報したほうがいいのだろうか？　だって、あきらかに不審だった。通報とまではいかなくても、不審人物を見かけたっていう情報提供だけでも、市民としてやっといたほうがいいのでは？　いや、でも、具体的に何かされたわけではないようだしなあ。もしかしたら、本当に善意で声をかけてくれたのかもしれないし（とてもそうは見えなかったが）……

いや、そんなことよりも、今は。「あのさ」

「はい」

「さっきは……すみませんでした」

「え？」

「ごめん」

女子中学生にガチ謝罪。

僕の人生でおそらく空前絶後であろう。

「あの……僕、ついさっき母親から聞くまで、君の境遇を知らなかったんだ。だからあんなふうに言ってしまったんだけど、でもそれにしたって、ひどいこと言ったと、大人げなかったと思ってます。ごめん」

なんかもう恥ずかしい。

できれば逃げたい。

しかし僕は、今こそ踏みとどまってやり遂げなければならないのだ。

誰かとこうして真剣に向き合うのって、ものすっごく久しぶりな気がする。

「そうだったんですか。あの、えっと、えーと、そういうことですので……だから私、いきなり現れて迷惑だと思うんですけど」

「迷惑だなんてやめてくれそんな言い方は」

「え、あ、はい。あの、だからその、よろしくお願いします。すみません」

「謝るなよお」

彼女が事あるごとに謝るのは、条件反射なのか。

同じ年頃の娘たちに比べていろいろ見てきたであろう彼女が生み出した、なけなしの処世術なのか。

そうやって身を守ってきたのか。

なんだかショックだった。

この大塚鴇子という少女が上野家にとって混乱の火種であることは間違いない。しかしそれは彼女の意志によるものではないということも、また間違いない。好きこのんで婚外子になったわけではないはずだから。責められるべき者がいるとすれば、それは他の大人であって、絶対にこの少女ではない。彼女はむしろ迷惑を被った側なのだ——

今の今までそんなことは考えもしなかったのだが、いざ本人を目の前にすると、どうにも同情心が湧いて止まらなくなった。彼女に罪はないはずで、だから僕は、彼女に、必要以上に肩身の狭い思いをしてほしくはない。

僕はそろりと溜め息をついた。「君はなんにも悪くないよ」

「そうでしょうか」

「うん。だから君は何も後ろめたく思うことはないんだ。胸張ってればいいんだ」

僕みたいなやつに言われても、説得力ないかもしれないけど――

それでも、大塚鴇子の表情がふんわりと明るくなった。「はい」

僕もなんだかほっとした。

こういう表情をさせることができてよかった。

やればできるものなんだな、僕も……

僕はベンチの端に腰掛けた。「あと、やっぱりさ」

「はい？」

「今のうちにメアド等教えていただきたいのですが。今回のことで、たとえ身内であっても報告・連絡・相談は大事なのだなということを痛感したので」

大塚鴇子はかぶりを振った。「ごめんなさい、できないんです」

またそれか。

なんでだ。僕って実はやっぱり嫌われているのだろうか。

しょんぼりしてしまう。「できないですか」

「ないので」

「何が」

「電話番号とメアドが」

「は？」

「解約しちゃったので」

「……」

「私の携帯電話は叔母さんの名義だったので、叔母さんが解約したら私も解約しないといけなかったんです」

「……あー、」

「だから、ないんです」

そういう、意味だったのか。

いや。

ちょっと考えればわかることだったはずだ。

僕ってやつは本当にクソみたいにアホだな。

「じゃあ、そのケータイは？」僕は大塚鴇子のコートのポケットを指差した。

小鳥の形をしたシルバーのチャームが覗いている。

大塚鴇子は携帯電話を取り出しながら言った。「前に使ってたやつです」

「解約したケータイなんだろ？　どこにも繋がらないケータイを持ち歩いてるの？」

「えっ、だって」大塚鴇子は両の掌《てのひら》で水色の筐体《きょうたい》を包んだ。「通信はできなくても、ケータイっていろいろ便利ですよ。私は腕時計持ってないからいつもケータイで時間見てるし、目覚まし時計にもなるし」

そういや、今朝、ぴよぴよ鳴ってたな。

これで毎朝起きるのだ、とも言っていた。

「それとね、カメラ。カメラ大事です。いつでも好きなときに写真撮れます。動画の録画もできるし。大事なデータ、全部この中に入ってるんです」

彼女にとって、携帯電話は、アルバムの代わりなのだろう。

きっと、昔の生活を写したものなんかもあるのだろう。

住んでいた家の写真。

友達の写真。

叔母さんの写真。

お母さんの写真……

僕は目頭を押さえた。

「えっ、どうしたんですか」

「……僕は花粉症なんだ」

「あ、そうか。もうそんな季節ですね」

「このへんえらく花粉が飛んでるようだ。マスクもしてないしキツい」

「そうなんですか……大変ですね」

「ああ」

嘘だけど。

花粉症とは生まれてこのかた縁がないんだけど。

でも今は花粉症ということにしておいてくれ。

とにかく今夜はもう遅いので、大塚鴇子は、昨夜同様、僕の部屋に泊めることにした。さてそれじゃ行きますか、とベンチから腰を上げたとき、大塚鴇子はコンビニを指し「さっきお借りした千円で、ちょっと買い物をしていいですか」と遠慮がちに言った。

女子はいろいろ入り用なのだろう。僕はコンビニに特に用がなかったので、外で待っていることにする。

「その鞄、持ってようか」と僕はボストンバッグを指した。

「え。でも」

「いいよ、持つくらい」

「そうですか？　……それじゃあ、お願いします」

「はいはい」とボストンバッグを受け取った。

……軽い。意外なほど軽い。こんなに軽かったのか。

なんだか頼りない軽さだ。

公園とコンビニの間の道路は、おそらく、国道からの抜け道みたいになっているのだろう。時折、自動車が結構なスピードで走り抜けていく。

真っ赤な軽自動車をやり過ごした大塚鴇子は、右見て左見て、また右を見てから、道路を小走りで渡ると、夜の中そこだけ煌々《こうこう》と明るいコンビニへ、吸いこまれるように消えていった。

僕は暗い街路樹のそばで、ぼんやりと待つ。

ポケットに入れていた携帯電話がメールを受信した。

手持ち無沙汰だったので開いてみると、またまたメールマガジンだった。僕は、仕事柄、情報収集のためにメールマガジンなどはわりと受け取るようにしている。今回は、携帯電話のキャリアからの広告メールだった。新学期に向けて学生割引プランがどうのこうの。お近くのショップ店頭にてキャンペーン実施中でご来店プレゼントがどうのこうの。

春ですな。

ああ、そうだ。大塚鴇子に、新しい携帯電話を買ってやらないといけないな。今どき、高校入学するのに携帯電話を持たせないというわけにはいかないだろう。同じ世帯の人間になるのだとすれば、家族割引プランが適用できるはず。父と母はこういうことに疎いので、僕から提案してやらなければ。

そういえば――

親父はどうして大塚鴇子に僕の住所を教えたのだろう？

実家の住所を教えずに。僕に知らせもしないで。

そこだけ謎だな。

まあ、今度会ったときにでも、訊いてみればいい。

二親に話しておきたいことが、一時にこんなにたくさん出てくるなんて、僕の人生史上初かもしれない。

なんだかヘンな感じだ。

でも、悪くない。

僕はちょっとニヤけた。

そのとき背後から「すみません、ちょっといいですか」と声をかけられた。

夜道のことであるから、少々警戒しながら振り返る——そこに立っていたのは、制服警官二人組。何をしたわけでもないが、つい腰が引ける。

市民感情に気を遣ってか最近の警官の物腰は柔らかい。今も、一応は笑顔を浮かべている。が、目つきは険しい。

職質かな。職質だろうな。

まあ、たしかに。夜の公園で、でかいボストンバッグさげてぼんやり佇んでいる若い男なんて、どう見ても怪しい。自分でもそう思うから、なるべく協力的な態度で臨もう、と思ったのだが。

「あの女の子とはどういうご関係ですか」

「へ？」

「その鞄の持ち主です。さっきお話しされてましたよね。今コンビニに行ってるあの子——あなたとはどういう関係なんでしょうか」

「どういうって……妹です。腹違いですけど」

「はあ、腹違い」

「ええ」

「それを証明できるものはありますか」

「えっ」

ないよ、そんなの。

血縁の証明ってどうすればできるんだ？

というか、なぜこんなことを訊かれるんだ？

「ええっと――」一度は引いた汗がまたじわりと滲み出す。「あ、そうだ。あの子に、本人に訊いてもらえれば」

「本人の言い分以外で証明できるものはありませんかね」

ねえよ！

頭が真っ白になっていく。

警官の目は笑っていない。「先ほど通報があったんですよね。この公園で、中学生くらいの女の子が、不審な若い男に声をかけられて困っているようだって」

「え、えええええ」

もうひとりの警官も、僕から目を離そうとしない。「この市内でもね、最近、多いんですよ、そういうの。やっぱり春だからですかね」

僕のことを、ここ最近市内を脅かす不審者だと思っているのか⁉

まさか……まさか！

そんなバカな！　冗談じゃない！

たしかに外見の特徴はいくつか当てはまるかもしれないが——二十歳代、身長百七十センチから百八十センチ位、黒髪、黒っぽいコート、徒歩——でも、そんな男、そのへんにいっぱいいるじゃないか！

僕なんかより、さっきの猫背男のほうがよっぽど怪しい、どう考えても。そっちと間違えているんじゃないのか？　っていうか、誰なんだ、そんなテキトーな通報したのは！　公園に入ってから人影なんか全然見かけなかったのに、一体どこから見ていたんだ……

いや。ちょっと待て。

通報したのって、もしかして、当の猫背男じゃないのか？　追っ払われた腹いせに、あることないこと言ったのでは——

「ちょ、ちょっと待ってください」

パニックに陥ってしまいそうだ。しかし、あまり動揺を見せると、かえって怪しまれてしまう。落ち着け、落ち着け、と頭の中で念じながら、僕はじりじりと後退《あとずさ》った。
「彼女の話も聞いてください。今、呼んできますから」
「あっ、ちょっと待ちなさい」
僕は車道に下り、コンビニに向かって駆け出した。
無我夢中だった。
周囲が見えていなかった。
「危ない！」警官の鋭い制止。
「え」と振り返ったそのとき、白く強い光に目が焼かれた。
甲高いブレーキ音が耳をつんざく。
次の瞬間、衝撃が全身を貫き、自分が吹っ飛ばされたことがわかった。
そこで僕の意識は途切れた。
おにいさん、と呼ぶ大塚鴇子の声が聞こえたような気がするが——
気のせいかもしれない。

止まれ
大塚鴇子の冒険

コンビニを出ようとしたところで、その光景は目に入ってきました。

ガラスの向こうで繰り広げられるそれは妙に現実離れしていて、お芝居のようにも見えました。

道路を渡ろうとしていた上野《うえの》鷲介《しゅうすけ》さん。

かなりのスピードで彼にぶつかった白いバン。

物が衝突する鈍い音と、耳をつんざくブレーキの音。

私は思わず叫んでいました。

「お兄さん！」

周囲がにわかに騒然とし始める中。

私はコンビニの出入り口でただ立ち尽くすばかりでした。

……これって。

私のせいなのかな。
私にかかわると、みんな不幸になるのかな。
ああ、
一体どうしてこんなことになってしまったんだっけ――

1

砂糖のたっぷりかかったココナッツビスケットをもりもりと食べ、指先をぺろりと舐《な》めながら、叔母は言いました。

「これ一枚二十七キロカロリーで今六枚食べたから百六十二キロカロリー摂取したわけだし今日はあと千五百キロカロリーくらい食べても大丈夫だよねー。じゃあこの大福ヨユーで食べれちゃうじゃん。いただきまーす」

テーブルの上に置かれていた大福をひょいとつまみ上げ、ビニールの個包装をさっと剝がして、ぱくり。甘く炊かれた栗が丸ごとひとつごろりと入っている結構大きな大福だったのですが、二口でフィニッシュでした。

叔母は、脳のエネルギーになるのはブドウ糖だけだから頭脳労働してる私みたいな人間は糖分いっぱい摂《と》らなきゃダメなのよー、食べても糖分は全部脳に回っちゃうから太らないのよー、といつも言っています。でも私は知っています。叔母と同じ研究室に所属する田端《たばた》さんは、叔母と同じような仕事をし、同程度に甘いものを食べていて、春の健康診断で問診した保健師から入院を勧められるほどの肥満体になってしまったということを。

太る太らないは体質なのです。ストレスの有無も関係あるかもしれません。

つまり、叔母は太らない体質だし、ストレスも溜めないほうなのです。

実際、叔母は細かいことは気にしない性格です。大雑把です。ファジーです。毎日毎日、シャーレの中の寒天に菌を塗りつけて培養しているそうですが、そういう集中力を要するであろう繊細な作業の数々を、本当にちゃんとこなせているのだろうかと心配になってしまうほどに。

また、私から見ても、かなり美人です。はっきりした目鼻立ちなので、ばっちりメイクするとすごくゴージャスな印象になります。それでいてすっぴんもカワイイのです。もちろん男性からはモテまくりです。

スタイルも抜群です（カロリー高いものばっかり食べてるのに）。三十代でありながら、私でも穿《は》くのを躊躇《ためら》うような、すっごい短いミニスカートとかショートパンツとか、平気で穿きます。生足で。

でもそれがお世辞抜きで似合っているからすごいです。バケモノですね。

「なるみ叔母さん」

「んあ」

「高校見学会、行ってきます」

「あーそれで日曜なのに制服着てたのか。いってらー」

私はコートを着てマフラーを巻き、マンションを出ました。

ぴゅうぴゅうと風の吹き荒ぶ道を、バス停に向かって黙々と歩きます。

受験勉強にいよいよ追われだす十月半ばのことでした。

叔母と一緒に暮らし始めて三年になります。

それ以前は、おばあちゃんと暮らしていました。母方の祖母、つまり母と叔母のお母さんです。でもおばあちゃんは三年前に病気で亡くなり、他に身寄りもない私は、泣く泣く叔母の家に移りました。叔母も私を引き取ることに関しては「しぶしぶ」

「仕方なく」といった様子でした。

おばあちゃんの家で暮らすさらに以前、私はまた全然別のところに住んでいたらしいのですが、これは小さかったので覚えていません。

母については「いない」と聞かされているだけです。

今どこにいるのか、生きているか死んでいるかも、わかりません。

自分の母のことですから、もちろん気になってしょうがなくて、ことあるごとにおばあちゃんに尋ねました。私のお母さんってどんな人？　今どこにいるの？　でもそういう話を振ると、おばあちゃんは決まって哀しそうな顔をするのです。大好きなおばあちゃんを困らせたくなくて、私もいつしか母について訊くことをやめました。

母でさえそんななので、父親にいたっては、どこの誰かもわかりません。

おばあちゃんも、これればかりは本当に知らないみたいでした。

私は自分のルーツを知りません。

知らないということは存在しないということでもあって。

つまり私には「ここにいなければいけない理由」がない、ということで。

それはとっても不安なことなのですが、でも自分ではどうしようもなくて。

ここは私の居場所じゃないのかもしれない、と思うのは寂しいことですが。

悩むのもしんどいので、諦めて、普段は考えないようにしています。


植物は、根から栄養を吸収し、根によって自立しているそうです。

根がなければ、他の植物に寄生することもできない。

枯れるか倒れるかして朽ちるだけです。

根のない私もいつか枯れるか倒れるかして朽ちるのかもしれません。

でも、それは、たぶん——

仕方のないことなのです。


「校舎きれいじゃんね」

「何年か前に改修したんだっけ」

「新しい校舎ってやっぱテンション上がるー」

「音姫ついてるし」

「それ大事だから」

きゃははは。

そばに座るグループが、遠慮のない声量で話しています。

見学者は結構な数が集まっていて、講堂の座席はほぼ埋まっていました。

友達同士で来ている人、親同伴で来ている人、半々といった感じです。

ここに集まった子たちは、もしかしたら来年は同級生になるかもしれないのだ、と思うと、なんだか不思議な気がします。目の前に座っているポニーテールの子はクラスメイトになるかもしれないし、後ろに座っている眼鏡の子は同じ部に入るかもしれないのです。不思議です。


この高校の見学会に参加するのは、実は今回で二度目です。

去年、中学二年生だったときにも参加しました。高校進学を考えるようになって、通うべき高校をさがして、そしてこの高校を見つけて以来、他の高校には目もくれず、私はずっとここ一筋です。

校風が合いそうだから、とか、制服がカワイイから、とか、そういうふわふわした理由ではありません。私の志望動機ははっきりしています。「もっと偏差値の高い学校を狙えるのに」と当初難色を示していた担任さえも「そういうことなら……」と頷いた、確固たる志望動機が。

なんだと思いますか？

大学付属の女子校、という以上の特徴はないところです。公開されている資料によれば進学先や就職先もパッとしないし、他にもたとえば、スポーツが強いだとか、お嬢さま学校であるとか、授業で就職に有利な資格が取れるとか、そういうキャッチーな個性もありません。

でも私はこの学校がいいのです。

去年も来ているし、他の高校に行く気もないので、今年の高校見学会には別に参加しなくてもよかったのですが、小塚《こづか》さんが「一緒に行こーよ」と言うので、来ました。前回訪れたのは一年も前なので、雰囲気や校舎を改めて確認しておくのもいいだろうと思ったし。

「古いほうが好きだったなあ」

と、私の隣に座る小塚さんが、小さな声で言いました。

「何が？」

「校舎だよー」

小塚さんは、入り口で配布された学校のパンフレットをぱらぱらとめくり、沿革のページに載せられた一枚の写真を指差しました。旧校舎の外観を写したものです。三角屋根にレンガの外壁、ステンドグラスの窓……たしかに趣《おもむき》のある素敵な洋風建築です。実際、歴史と伝統のある建物なので、すべて取り壊すのは惜しいということで、一部が移築されたそうです。

「ね。こっちのほうが絶対いいよね。レトロで」

うーん。

あんまり古いとやっぱり不便なことも多いだろうし、耐震性とか防火性の問題もあるだろうし、観光施設じゃないんだから、現代生活に即してるほうが何かと都合いいでしょ。ていうか、昭和初期に建てられたものだからレトロなのは当たり前……とは思うけど、あえて言うこともなかろう、と黙っています。

スイッチが入ったのか、小塚さんの声は徐々に大きくなっていきます。

「新校舎は、たしかにきれいだけど、こんな建物どこにでもあるもん……ぜーったい旧校舎のほうがよかった！　だって、魔法使いの学校みたいなんだもの。素敵な物語が始まりそう！」

小塚さんの声というのは甲高くてキラキラした、いわゆるアニメ声です。よく通ります。

周囲に座る人々が、訝しげにこちらを窺っているのを感じます。眉をひそめてみたり失笑してみたり。

私に聞こえているのだから小塚さんにも聞こえているはずですが、小塚さんは、夢見るような眼差しで、うっとりとしゃべり続けています。


もうおわかりでしょうが小塚さんはイタい子です。

小塚さんと同じクラスの子の話では、クラスでもやはり浮いているそうです。いじめられてはいないようですが、気の強い女子グループからは露骨に毛嫌いされ、その他のクラスメイトからも、腫れ物に触るような扱いを受けているとか。

そんな小塚さんは、私と同じ手芸部です。

普通の手芸部員は、本格的なぬいぐるみや、リアルなミニチュアスイーツ、手編みのレースなど、可愛らしいものをせっせと作っては、展示したり友達にプレゼントしたりしています。私も、できあがった作品は、誰かにあげたりバザーに出したりしています。手作業をコツコツと進めるのが好きな、おっとりした女子ばかり集まっているので、部の雰囲気もおっとりしています。

小塚さんだけが異質です。

彼女はいつも、家庭科室の片隅で、ひとりで黙々とミシンを動かしています。フリルたっぷりの黒いワンピースや、細いリボンのコルセット、ふっくらしたペチコートなどを、ひたすら作り続けています。

すべて自分で身に着けるのだそうです。

「ひとつひとつ手作りしてこそ愛が宿るの」と小塚さんは言いますが、手芸部員の間では「合うサイズがないから自分で作るしかないのだろう」というのが定説です。小塚さんは非常にふくよかなのです。

小塚さんは、Persimmon Seedという個性派バンドのピーナッツです（ピーナッツというのは、このバンドのファンのことです。バンドのメンバーが親しみをこめてそう呼ぶのだそうです。つまりはおっかけなのですが、おっかけと言うと怒られます）。しょっちゅうライブに行き、そのライブには必ず手作りの服を着ていくのだそうです。

手作りとはいえ、フリルやレースでいっぱいの服を仕立てる費用なんかバカにならないだろうし、ライブに行くにしてもグッズを買うにしても、何かとおカネがかかるでしょうが、小塚さんはそのへん不自由はしてないみたいです。聞くところによると、小塚さんのおうちは裕福なのだそうです。

そして私はそんな小塚さんに懐かれています。

小塚さんに話しかけられても、無視したり逃げたりしないせいでしょう。他の手芸部員たちからは「懐かれちゃってたいへんだね」「鴇子《ときこ》は優しいからつけこまれちゃうんだよ」「嫌だったら嫌って言えばいいんだよ」と同情されます。

でも私、小塚さんのこと、そんなに嫌いじゃないのです。

自分よりも生き辛そうな人間を見ていると安心するから。


「女子校ってやっぱり女の子同士の恋愛とかあるのかなー。あるよね、やっぱり。だって、人間は……恋をしてないと生きていけない生き物だもの……」

物憂げな目で空を見上げる小塚さん。

きつくストレートパーマをかけた髪をさらりとかき上げます。

講堂でのレクチャーが終わり、各自、好きなところを見て回ってもいい時間になりました。指定の場所に行けば、模擬授業を受けたり部活動見学したりすることができます。周囲の人たちは、パンフレットとにらめっこしながら、まずどこへ行こうかと迷っています。

そんな状況でも小塚さんは自分の世界に没頭中です。

「私は百合《ゆり》も全然いけちゃうので問題ないんだけど。臭い男なんかよりむしろカワイイ女の子のほうがいいってことあるし。あっ、鴇子クンは大丈夫だから。安心して。カワイイけど恋愛対象じゃないから。私がキュンてしちゃうのは王子さまタイプの人なの。鴇子クンは私と一緒で姫タイプだもんね。姫っていうよりメイド？　似合いそうだよね、メイド服。今度着てみなよ。貸してあげる！」

「遠慮しとく」

「ふえーん、鴇子クンが冷たいー」

以前、手芸部部長の豊田《とよだ》さんが言っていたことを思い出します。

——私たちだってハブるとかそんな子供っぽいことしたくないんだけどさ。でも、小塚さんのイタさって、タチ悪いんだよね。相手の都合も考えずに自分の世界に巻きこもうとするから。ひとりで楽しむ分には構わないんだけどさ。押し付けられるのは、ちょっとね——

かなり的を射た意見だと思います。

でもコツさえ摑めば小塚さんだってそんなに扱いにくい人でもありません。

などと考えている間に目的地に到着してしまいました。

「私、ここ見たいから、説明会そろそろ始まるし、行くね。小塚さん、どうする？」

小塚さんは目を丸くしました。「鴇子クン、ここ入るの？　入れるの？」

「入れるよ」

「ここって遠くから通ってくる人のためのものなんじゃないの？」

「そうとは限らないよ」

私がこの高校に入りたい理由。

それは、

——寮があるから。

私は叔母から離れて暮らしたいのです。


「ぎゃっ」

叔母が突然叫びました。

風呂あがりの彼女は、ビール缶片手にリビングのソファにふんぞり返っていました。

叔母は風呂あがりのビールが何より好きなのです。

「鴇子たん、鴇子たーん」

私は夕食の後片付けをしてから、そのまま台所で明日のお弁当の下ごしらえをしていました。「はい」

「虫がいるよー」

テレビ台の下。叔母の指差すほうを見れば、たしかに、見慣れぬ黒い物体が落ちています。

私は顔をぐっと近づけました。

「死んでる」

体長数ミリの小さな虫です。名前も種類も不明。

ひっくり返って、動きません。

「捨てて捨てて」

言われるまでもなく、死骸をつまんで拾って、ゴミ箱に落とします。

まだ干涸《ひから》びてはいませんでした。翅はないし、ここはマンションの七階なので、おそらく私か叔母かどちらかにくっついて入ってきたのでしょう。まだ虫が死ぬような寒さではないから、死因は「この部屋に入ったため」だと思われます。

叔母は虫が嫌いです。

そもそも七階に住んでいるのだって虫とは縁遠い生活をしたいがためです。研究室では毎日菌を扱っているくせに、虫は触れないほど嫌いなのです（虫と菌はまったく別物なのでしょうが、私に言わせてみれば似たようなものです。どちらも小さくて得体が知れません）。

叔母はしょっちゅう殺虫剤を撒きます。ああいう性格なので掃除は滅多にしないのですが、殺虫剤だけは、非常にマメに撒きます。

設置型の殺虫剤は、目につくところにもつかないところにも、部屋中いたるところに置いてあります。

部屋を閉めきって焚いて、部屋全体を燻すようなタイプの殺虫剤も、適切なペースを超えた頻度で焚いています。ものぐさな叔母が、これだけは定期的・自主的に行ないます。

曰《いわ》く「入るなら死ね。この部屋では生かさん」だそうです。

この部屋は虫にとってはガス室のようなものなのでしょう。

でも……

侵入した虫がころりと死んでしまう部屋って、生活環境《かんきょう》としてどうなのかな？

人体にまったく影響がないって言えるのかな？

それに……なんとなく、叔母の「自分のテリトリーに侵入するもの」に対する容赦のなさが透けて見えるようで、嫌なのです。

もちろん、叔母の嫌悪は虫のみに向けられているもので、人間に向けられたことはありません。むしろ、お客さんを呼んで飲んで騒ぐのは好きなほうです。私に対しても（かなり放置気味ではありますが）基本よくしてくれています。肩身の狭い思いをさせられたことはありません。

でもやはり、叔母が虫に対して嫌悪を示すたび、考えずにはいられないのです。

叔母は、余所者《よそもの》と見做《みな》した存在には情をかけないのだ、ということを。

そう思いながら暮らすのは息が詰まります。

殺虫成分にじわじわ侵される虫のように。

だから、せめて物理的に距離を置いて暮らしたい。私はまだ充分に稼《かせ》ぐことができないから、金銭面ではお世話になるしかないけれど……

そのほうがお互いのためでもあると思うのです。

2

受験勉強に追われながら年を越し——

あっという間に三月初め。

志望高校には、あっさり合格しました。学力的には余裕だったし、倍率もそんなに高くなかったので、心配してはいませんでしたが、やはりホッとします。

四月には、寮に入ることができる。

殺虫剤のにおいが染み付いたあの部屋を出ることができる……

まったく未知の環境なので、不安な気持ちもあるけれど、やはり解放感のほうが大きいです。

周囲もじわじわと進学先が決まっていき、変化と別れの空気が濃厚になって、それはやがて卒業式という具体的な目標に向かって集束していきます。

私たちの卒業式まであと三日となったある日の放課後。

私は教室にひとりでいました。ついさっきまで、教室の隅でおしゃべりしている女子や男子が何人かいたのですが、ふとした拍子に、いつの間にかひとりになっていました。でもあまり気にせず、寄せ書きの記入を続けます。

クラスメイトの女子に「書いて」と頼まれたのです。それほど仲のいい子ではなかったけれど、「このクラスの人全員に書いてもらいたいの」とのこと。卒業式を目前に控えた今、こういうのを書いたり書いてもらったりするのが、三年女子の間でちょっとしたブームなのです。デジタル全盛の現代でも、やはりこういうものは手書きが望ましいようです。

正直、面倒くさいです。

こういうの、これまで何枚も書かされているので、もうネタがありません。

だからといって書かないわけにもいかず。

依頼主からは「書いてくれたー？」と微妙に急《せ》かされているし。

うちに持ち帰ってまでやりたくないので、今日学校で全部書いてしまおうと思い立ち、こうして居残って記入している次第です。

依頼主に対して特に思い入れがないので、うまい一言メッセージが、どうしても思い浮かびません……

ぷらぷらとペン回しをしていると、ドアががらりと開き、マフラーを巻いた北沢《きたざわ》が顔を出しました。教室をぐるりと見わたして、私と目が合うなり「潮見《しおみ》いない？」

「いないね」

繰り返しになりますが教室には私しかいません。

潮見というのは北沢と仲のいい男子です。

北沢はのこのこと教室に入ってきました。「何してんの」

「寄せ書き書いてる」

「あー、それ」と、遠慮なく覗きこんできます。「俺も書かされた。面倒くさいよなーそれ」

うんうん面倒くさいよね、とあからさまに同意することはできません、このクラスの女子として。

北沢は私の隣の席にすとんと座りました。

「潮見を待ちます」

と誰に言うでもなく宣言。

じゃあ自分の席に座ればいいのに。と思いましたが、それを言うのはちょっといじわるかなと思い、黙っています。

隣に座られるのは落ち着くような落ち着かないような。

「大塚《おおつか》はそういうのやらないの？」

「そういうのって？」

「寄せ書き。女子みんなやってるじゃん。大塚は回さないの？」

「うん」

「なんで」

「なんでって……なんとなく。別にいいかなと思って」

「ふーん」

北沢は、私が気兼ねなく話しかけられる数少ない男子のひとりです。女子なんかと話せるかよと言いたげにスカしている自意識過剰野郎でもなく、下心見え見えのチャラ男でもなく、普通に陽気で普通に人当たりのいい、普通の男の子。

「なあ世間話しよーぜ。暇だから」

「私は暇じゃないんだけどな……」

「大塚は女子校行くんだよな」

「……そうだよ。北沢は北高だったね」

「よく知ってんね」

「北・北で覚えやすい」

「みんなそう言う……あ、そうだ」

北沢はポケットからお菓子を取り出しました。

「ハイチュウやる」

なぜ。

まあ、くれると言うならもらっておこう。

私は紙にくるまれた小さな立方体を受け取りました。「ありがと」

包装紙を剝いてポイと口に入れます。青りんご味。

自分もひとつ口に入れ、もぐもぐしながら、北沢は「はあー」と溜め息をつきました。「女子校か……」

「なに」

「いや、遠いよなあと思って」

「同じ市内だよ」

「いや距離ということではなく、なんというか、存在が」

そんざい？……

卒業式が近づいているせいでセンチメンタルになっているのでしょうか。しんと静まり返る教室に、吹奏楽部が練習している音が遠く聞こえます。卒業式で演奏する曲の練習でしょう。

青りんご味おいしい。

「あのー」と、北沢はやけにもじもじしながら切り出しました。「俺はさ、大塚ってすごいしゃべりやすいんだよね」

「え。そう」

「女子っぽいけど女子っぽくないというか」

「……そう」

「だから、中学卒業と同時に縁切れるの、嫌っていうかね。でもわざわざ会う理由がないじゃん。北高と女子校って繋がりないしさ」

「まあ」

「だから、と言ってはなんだけど、その、俺ら、つ、つ、付き合わない？」

突然ドアが開き、北沢は飛び上がりました。

開いたドアから顔を出したのは、潮見。

北沢を見て「あ、すまん、お邪魔でしたか」

「はあ⁉ 全然！」

北沢は憤然と立ち上がりました。

足もとに置いた鞄を手に取るフリをして、私だけに聞こえるような小声で「考えといてよ」と早口に言い、教室をバタバタと出て行きました。

私はしばし呆然としたあと、口の中の甘さを飲み下し、寄せ書きの記入を再開しました。

……ものすごく慌ただしかったけど、
今のは、ひょっとしなくても、いわゆる告白というやつだったのでしょうか。

嬉しい、気がします。

少なくとも嫌な気はしません。

誰かが損得抜きで自分を選んでくれるというのは、とても嬉しいことなんですね。

北沢のことは、どちらかというと好きだし。

そう。付き合うのだとしたら、北沢のような男の子がいい。

でも、お断りしよう。

だって、なんとなく、ダメな気がするんです。

北沢は誰かを受け容れることのできる人です。でも私は違う。もっとも身近にいる女性を受け容れることができずに、逃げ出そうとしているのです。ましてや他人である北沢のことなんか、受け容れることができるかどうかわかりません。

北沢はいい人です。

だからこそ、嫌な気持ちにさせたくないのです。


食事を作るのは主に私の仕事です。

叔母も料理をしなくはないのですが、あまりバリエーションがありません。

三食素うどん、とか。三食たまごがけごはん、とか……

「料理をしなくはない」というよりは「食べられるものを準備しなくはない」と言ったほうが的確かもしれませんね。

それなら自分で作ります。

大したものは作れませんが、料理は好きです。

今日はクリームシチューを作ります。

市販のルーを使えば簡単なので、よく作ります。

ついでに、叔母が買ってきたバゲットをざくざく切ってトースターへ。

準備ができたら叔母を呼び、ダイニングのテーブルについて、食べ始めます。

つけっ放しのテレビで、情報番組が「女子会で人気の居酒屋」という特集をやっています。ナレーションが「このプランなら女子会も盛り上がること間違いナシ！」と声を弾ませます。

「わかってないなー」

叔母が、ビール缶のプルトップをぷしりと開けます。

「女子会ってのはさー、超楽しかったー、女に生まれてよかったー！　って女子会もあれば、あー、超つまんねかった、愚痴聞かされて気ィ遣《つか》って疲れただけだったわーサイアク、みたいな女子会もあって、何が大きな要因になるかっていうと、結局は参加メンバーなわけよ。メンバーがよけりゃ宅飲みの缶ビールと柿ピーだけでも盛り上がるし、ひどいメンバーだったらどんな高級レストランでも盛り下がるのよ」

今日のクリームシチューは、なかなかうまくできました。

バゲットもおいしい。

ちょっと高いけれど、おいしいパン屋さんなのです。

「おいおい、そんな気ィ遣うメンバーと個室なんか入りたくねえっつーの！　ホールでいいんだホールで。店員とか近くに座ったカップルの男を品定めしてたら間がもつから」

威勢よくテレビにツッコミを入れていますが、叔母は別に酔っているのではありません。いつもこんな感じなのです。

叔母が思い出したように言いました。「そうそう鴇子たん」

「はい」

「私アメリカに留学するから」

「え？」

急に何を言い出すのかと思えばそんな。

いや、でも、叔母のやることなすことは、大抵、突拍子がないので。

いちいち驚いていたら身がもちません。

「そうですか」

「前々から行ってみたいと思ってたんだけどさー。鴇子たんがようやく高校進んでくれたからね、じゃ行ってみますかーって」

それって、私がいたから留学できなかったって意味？

ようやく解放されたって言いたいの？

悪気がないということも、彼女にデリカシーというものを求めてはいけないということもわかっていますが、つい卑屈になってしまいます。

「……いつ行くんですか」

「今月中」

これにはさすがに驚きました。あまりのことに言葉が出てきません。

だって、留学って、思い立ったからってすぐにホイッと行けるようなものじゃないでしょう。留学したことがないのでよくわかりませんが、滞在先を手配したり、各種手続きしたり、いろいろしなきゃいけないんじゃないの？

それとも、
まさか、

もう何ヶ月も前から準備していたの？……

叔母はちょっとした買い物を頼むような口調で続けます。

「でさー、急で悪いんだけど、このマンションも引き払うから」

「え」

「鴇子たんも荷物まとめてほしいんだ、できれば二、三日で」

やっぱりそうだ。

準備してたんだ。

だって、退室するときって、一ヶ月前だか二ヶ月前だかに、管理会社に知らせておかなきゃいけないんですよね？

「そんな……そんな急に。困ります」

「なんか問題ある？　いいでしょ。どうせ鴇子たんも寮入るんだし」

「寮に入れるのは四月になってからです」

「事情を話して早めに入れてもらえば？」

「いえ、新入生は入寮式っていうのをやらないといけなくて」

荷物は事前に送っておいてもいいけど、実際に住み始めるのは、公平を期すために全員同時が望ましいとかなんとか。説明会で言っていました。

叔母は不満げです。「おかしくないそれ。それぞれに都合があるのにさ」

「たぶんまだ前の人が住んでたりするので……」

「融通利かないんだなー。じゃ四月まで友達んとこにでも泊めてもらってよ。半月くらい、どっか置いてくれるでしょ。あ、カレシとかいないのカレシ」

カレシ、と言われて、一瞬、北沢の顔が浮かびましたが。

いやいやいやいや。

お断りする予定だし。

仮に付き合ったとしてもいきなり半月お世話になるとかあり得ないし。

「いないです」

「ふうん。でもさ、そこをなんとかうまくやってよ。もう決めたことだからさ。予定変えられないし」

そんな勝手な。

私の予定は考慮に入れてもくれないくせに。

カチンと来て、私は思わず、フォークを握った手をテーブルに叩きつけました。

テーブルの上の皿が一斉に、がちゃ、と鳴ります。

「だったらもっと早く私に言うべきだったんじゃないですか」

我ながら正論です。

しかし叔母は平然と答えます。「だって鴇子たん、今まで受験だったじゃん。余計なプレッシャーかけないほうがいいかなと思って、気ィ遣ったんだよ、これでも」

結局は私のせいってこと？

開いた口が塞がりません。

この人は、ホントに、どこまでも他人のせいにして——

クリームシチューがどんどん冷めていきます。

私が黙ったのは納得したからだと解釈したのでしょうか。叔母はにこやかに言いました。「だから、寮に運ぶ荷物だけ、ささっとまとめてね。いらない家具とか、粗大ゴミでまとめて出そうね」

「……粗大ゴミ、に、出すの？」

「そうだよ。だってベッドとか机とか寮に持っていけないでしょ。ここ引き払うから置いとくとこもないし、捨てるしかないよ」

「……」

「あ、そういえばね、なんか粗大ゴミ出すときって、収集所に事前予約しなきゃいけないんだって。メンドいよね。鴇子たん、ゴミの捨て方の冊子見て、電話しといてくれる？」

私は目の前の深皿を摑むと、叔母に向かって投げつけました。ガツンと硬い音がし、叔母が短く悲鳴を上げ、シチューがあたりに飛び散りました。

「そのタンっていうのやめて！　バカみたい、イライラする！」

そして私は振り返ることなく自分の部屋に駆けこみました。

ベッドに突っ伏した途端、悔しさのあまり、ちょっと泣けました。


……あれはやはり最低の女だ。

自分のことしか考えていない。

私の気持ちとか、全然考えてくれない。

やはりあの人にとって私は虫と同じようなものだったんだ。

自分のテリトリーに侵入したもの。

いつか追い出すつもりの余所者。

私、よく今まであんな人と一緒に暮らせていたものだ……

じっとしていると、行き場のない思考がぐるぐると渦巻いて、濁って、どす黒くなっていくようです。胸が詰まって苦しい。

だから、コートを羽織って外に出ました。

基本「いい子ちゃん」の私は、夜にひとりで外出することなんてないのですが。

玄関ドアが開閉する音は聞こえたはずですが、叔母は何の反応も示しませんでした。

保護者としては、止めるなり叱るなりすべきところなのに。クリームシチューなんか投げつけたから怒っているのかもしれません。あるいは、どうでもいいと思っているのかもしれません。そういう人です。


夜の七時を回っていますから、当然、暗いです。

ひと気のない道は怖いので、交通量の多い道路沿いを歩きます。

三月の夜風はまだまだ冷たいです。

……これから、どうしようかなあ。

ああ、せめて財布を持ってくればよかった。なぜ手ぶらで出てきてしまったのか。

私ってバカだなあ。こういうの慣れてないから手際が悪い……

明日の学校どうしよう。

それより今夜はこれからどうする？　友達の家にでも泊めてもらう？　……事情を

話すの嫌だなあ。実は私は、叔母の家に身を寄せていることを誰かに話したことはないのです。不思議がられるのも可哀想がられるのも面倒なので。

答えが書いてあるわけではないけれど、夜空を見上げます。街灯や車のライト、周囲の店舗のあかりが強いので、星なんかひとつも見えません。ただどんより黒っぽいだけの空です。

あてどなく歩くのも体力の無駄のような気がして、また他に休めるような場所もなかったので、途中のコンビニに入りました。駅に近いので、人の出入りがわりと多いコンビニです。

マガジンラックの前に立ち、ファッション雑誌を手に取ります。

興味のない記事ばかりでしたが、他にすることもないので仕方ありません。

マガジンラックの前には、私と同じように立ち読みしている人が数名いましたが、みんな男の人でした。漫画雑誌をパラパラと流し読んでいる人もいれば、エッチな雑誌を堂々と熟読している人もいます。この人たちも、私と同じで、おカネもなければ、他に行く場所も、やるべきこともない人たちなのでしょうか。だとしたら、そういう人ってかなり多いような気がします。だってコンビニごとにいるのですから。日本は大丈夫なのでしょうか。

立ち読みって結構疲れるな。

私、ここにどれくらいいられるだろう。

夜中に子供が長時間ひとりでいたら、怪しまれるかな……

目と鼻の先にある雑誌の内容が、さっぱり頭に入ってきません。

「あれれ、鴇子クンだー？」

タンの次はクンか。

若干イラつきながら振り返ると、そこにはやはり、彼女が立っていました。

手芸部は秋の終わりに引退してしまい、その後は受験にかかりきりになったので、彼女とも顔を合わせなくなりました。

数ヶ月ぶりに会う小塚さん……

また少しふくよかになったみたいです。

私服の小塚さんを見るのは初めてだったのですが、意外と普通でした。ダッフルコートにジーンズにスニーカー。このコンビニへは、急に食べたくなったハーゲンダッツのクッキー&クリームを買いに来たのだそうです。

嘘と誇張をちょっぴり交えつつ、私が家を飛び出した事情をかいつまんで話すと、小塚さんは「鴇子クン、可哀想……」と囁き、指でそっと目元を拭いました。別に涙は出ていないようでしたが。

「そういうことなら、うちにおいで」

ほとんど悩まずにそう言ってくれました。期待はしていたものの、まさか即決されるとも思っていなかったので、本当に驚きです。

「ホント？　ホントにいいの？　大丈夫なの？　お父さんお母さんに確認とか」

「いいよそんなの」

小塚さんにしては珍しい冷めた声でした。

「……でも」

「そんなことよりさ、鴇子クン！　せっかくうちに来るんなら、メイド服着てみなよ。鴇子クンなら絶対に似合うよー！」

「遠慮しとく」

駅チカ高層マンションの、かなり上の階の、４ＬＤＫ。

大理石の玄関。長い廊下。広々としたウォークインクローゼット。ジャグジー付きのお風呂。大きなソファを置いてもまだ余裕のある広いリビング。リビングの大きな窓からの見晴らしは素晴らしいものでした。

……裕福って噂、本当だったんだな。

私は唖然とするばかり。

おカネがかかっているのは見た目だけではありません。

何日かおきにハウスキーパーさんがやってきて、各部屋を掃除したり冷蔵庫に食材を買い足したりしていくそうです。その日はたまたまハウスキーパーさんが来る日だったらしく、鉢合わせしたのですが――ずいぶんと機械的な人でした。すべての作業を終えたら、小塚さんに一言だけ挨拶して帰りました。それ以外は世間話も無駄話も一切しません。私が誰なのか尋ねもしませんでした。小塚さんのほうも、ハウスキーパーさんの存在を気に留めません。こういうものなのでしょうか。

小塚さんは、買ったばかりのアイスクリームを気前よくわけてくれました。せっかく作った晩ごはんも、ちょっとしか食べることができなかったから、少々おなかがすいていたし、ありがたかったです。

久しぶりに食べたのですが、やっぱりクッキー&クリームはおいしいですね。

ちょっと気になったので訊いてみました。

「お父さんとかお母さんはお仕事何してるの？」

小塚さんは短く「ネズミ」と答えました。

ネズミ？

ネズミを……売ったり、ということではない、ですよね。

よくわからないけれど、なんだかそれ以上詳しく聞いてはいけないような気がして、私は黙りました。

その後は、お風呂を借りて、もう寝ることにしました。

宛《あて》がわれたのは、きれいに掃除された客間。

疲れていたので、すぐに眠れました。

私って意外と図太いのかもしれません。


次の日、叔母が仕事に行っている時間を見計らって、一旦、うちに戻りました。

荷物を持ち出すためです。

学校は、サボるしかありません。卒業式を二日後に控えて休むなんてことはしたくなかったのですが、今日のうちに持ち出せるものは持ち出しておかないと、すべて捨てられる可能性がありますので。

自分の部屋を、ゆっくり眺めてみました。

数日後には捨てられることになる家具や物を。

普段は特に意識せず、あるのが当たり前と思って使っているけれど、いざ捨てるとなると、しかもそれが自分の意志ではなく強制的となると、やはり惜しいです。しかし、いくら惜しくても、ここが引き払われ私が管理できない以上は、捨てるしかないのです。私の入寮と叔母の留学が変わらない以上、それは避《さ》けられないことです。

結局捨てるにしても、もっと早くに言っておいてくれていたら、心の準備もできたのに……

そう思いながらも、私は冷静に、寮に持っていく荷物を取捨選択してます。

布団や、かさばる冬物なんかは、送ればいいし。

あとは、衣類と、筆記用具と、洗面用具と、携帯電話の充電器と……

それから……それから、

……あれ。

それだけ、かも……

他に、どうしても寮にまで持っていきたいものが、思いつきません。

今ここで選ばなければ、すべて捨てるしかないというのに。

たとえば、手元に置いておきたいお気に入りの本やＣＤ。使い慣れた道具。何度でも見返したい写真や思い出の品――そういうの、私には、ない。

持っていくと決めたものにしたって、それがないと不便だからという理由で持っていくに過ぎなくて、絶対にこれでなくてはならないというわけではなく、他にいくらでも替えの利くものばかり。

そうなんです。

今気づきました。

私って、これまで、大切なものを作らないようにしていたんです。思い出を形にして残さないようにしていた。たぶん、無意識のうちに。だから、寄せ書きも回さなかった。手芸部で作ったものも手元に残さなかった。

いつでも身ひとつで移動できるように……

私は心のどこかで、いつかこうなるだろうということを、わかっていたのかもしれません。

私は、一緒に暮らしているあの女性のことを「叔母」と呼んでいます。

それは、彼女が「叔母と呼べ」と言うからそうしているのですが、実際のところ、彼女はおそらく私の母です。

なぜそう思ったかというと――
根拠らしい根拠などほとんどなく、状況証拠ばかりなので、突き詰めれば「勘」ということになるのですが、子供の私でも「あれ？　おかしいな？」と思うような、あやしい点がいくつかあったのです。

その一。私は母の顔を知りません。会ったことがないのはもちろんのこと、写真なども見たことがないのです。おばあちゃん曰く「写真の嫌いな子だから」とのことですが……名前さえ教えてもらえないというのは、ちょっとおかしいですよね？

その二。写真がないことを差し引いても、存在感があまりにもなさすぎるのです。私はおばあちゃんの家（母と叔母の実家）に何年もいました。でも母に関する品を見かけることはありませんでした。そんなことあり得るのでしょうか。もちろん、叔母に関する品は、普通にありました。逆に言うと、その家には娘一人分の存在感しかなかったのです。

その三。叔母は美人で、図太く、恋多き女です。カレシがいない期間なんかありません。ちゃんと確認したわけではないのですが、一度に何股《なんまた》もかけていることもあるようです。そんな生き方を続けていれば、一度くらい「失敗」することもあるのではないでしょうか。

その四。おばあちゃんは長く病気をしていて、入院することも多かったのですが、叔母にだけは私を任せようとしませんでした。「あの子に子育ては向いてない」というのが、私が直接耳にした唯一の理由らしい理由で、叔母も自分で「あたし子育てとか絶対ムリだわー」と言いますし、私もまた「叔母に子育てはムリであろう」と思うのです。ということは、叔母にもし子供ができた場合はおばあちゃんが面倒を見ることになるであろう、と当然予想されるわけで、つまり、じゃあ、おばあちゃんに育てられた私は叔母の子供なのでは？　というのは……そんなに飛躍した考えではありませんよね？


実際に「叔母＝母」なのかどうかは、わかりません。

私の思いこみに過ぎないかもしれません。

だからといって、本人に直接訊くなんてこともしたくありません。

だって、もし仮に「叔母＝母」というのが当たっていたとしたら、彼女という人は、娘を何年も母親に預けて、その母親が亡くなってようやく「しぶしぶ」「仕方なく」娘を引き取って、どういう事情があるのか知らないけど、母であることは伏せて叔母と呼ばせるような女である、ということになります。

そして私はそんな女の娘ということになります。

そんな真実なら、無理に知りたいと思えません。今は、まだ。

ただ、これだけは言えるのです——私と彼女の関係は、どこまで行っても、どう転んでも、ぎこちなく不自然なままであろう、と。この距離が縮まることはないであろう、と。


彼女のそばは、私の居場所ではない。

自然体でいられない環境は苦しい。

だから彼女から離れたかった。

それが、こんな形になるとは思わなかったけれど……


私って、何も持ってないんだなあ——

それを噛み締めながら、小塚さんの部屋に戻ります。

三年生はもう授業がないから、小塚さんもすでに帰宅しているかもしれません。

入寮するまでの半月、置いてもらえるかどうか、訊いてみなくっちゃ。

小塚さんならきっと、「鴇子クンがルームメイトになるなんて素敵！」と言って、頷いてくれる気がします。

3

小塚さんの食生活は凄まじいものでした。

寒気を覚えるほどでした。

基本はデリバリーです。宅配ピザとか店屋物《てんやもの》。

冷凍食品をチンして食べることも多いようです。冷凍食品といっても、スーパーマーケットで売っているようなものではなく、ご当地厳選食材を使用して〜、とか、老舗の有名シェフが監修して〜、とかいう謳い文句で飾られた、ネット通販限定のお取り寄せグルメばかり。

自炊はほぼまったくしません(だから、ハウスキーパーさんが入れておいてくれる冷蔵庫の食材は、もったいないことに、ほとんど無駄になるのです)。

食事と食事の合間には、これまたネット通販でお取り寄せしたケーキ、プリン、アイス、シュークリームなどなどを、炭酸水や紅茶で流しこみます。

小塚さん曰く「女の子は甘いものでできてるの」だそうですが。

糖尿にでもなるつもりでしょうか。

ただそんな小塚さんにもこだわりはあるようで、スナック菓子やカップラーメンなどの「乙女らしからぬもの（小塚さん談）」は、一切口にしません。それをちゃんとわかっているのか、ハウスキーパーさんも買い置きしておいたりはしないのです。

私は小塚さんの食生活にはついていけませんから、ほとんどの場合、台所を借りて、自分の分は自分で作りました。

台所の設備も大したものでした。炊飯器やレンジ、トースターなども、どれもうちにあったのとは違う、ワンランク上のものです。冷蔵庫だって、すごく大きいものでした。

でもやることは一緒です。白米を炊いて、お味噌汁を作る。

今日は、菜っ葉のお味噌汁です。あと、たまごとカニカマを発見したので、かにたまもどきを作ることにしました。

たまごを溶いて、ほぐしたカニカマを投入。さらに混ぜる。カニカマに味がついているので、塩は軽く。ちゃちゃっと焼いて、完了。

私はこれだけで充分です。

「鴇子クンすごーい！　お料理できるんだ。ホントにメイドみたい！」

それ褒め言葉？

食材も設備も借りておいて自分だけ食べるのもアレなので、小塚さんの分も作りました。小塚さんは、最初は「おいしいよ鴇子クン」と食べてくれましたが、

「ちょっと味が薄いかな」

そう言って、冷蔵庫から取り出したケチャップをぶっちゃーとかけました。結構な量でした。かにたまもどきに含まれているカニカマの総量よりも多いんじゃないかと思うくらい。あれではケチャップを食べているようなものです。しかし小塚さんは「もっとおいしくなったよ！」と、それを飲むように平らげました。

この子、遅かれ早かれいつか絶対に体壊すな……

そう思いましたが、忠告してもたぶん聞き流されるので、黙っています。


ご両親は、ほとんど帰ってきません。

お父さんのほうは、見かけたこともありません。そのへんについては、どうも触れてほしくなさそうなので、あえて訊くこともしません。

お母さんとは、一度だけ鉢合わせしました。

小塚さんが「ネズミ」などと言うので、なんとなく小柄で出っ歯な人をイメージしていたのですが、実際には、真っ赤なスーツも様になる恰幅のよいおばさんでした。驚くほど小塚さんと似ていました。

荷物か何かを取りに来ただけのようで、書斎に入ったと思ったら、すぐ玄関へ取って返してしまいました。リビングで身構えていた私は面喰らってそれを追いかけ、「お邪魔してます」と辛《かろ》うじて言いました。お母さんは笑顔で「はい、ゆっくりしていってね」と答えただけでした。

どうやら小塚さんは私が居ついていることを話していないようです。

それでいいなら、いいんですけど……

小塚さんは、大抵、朝から晩まで延々と服を縫っています。

食料や服の材料などはほぼすべてネット通販で仕入れているし、急に食べたくなったお菓子を買いに行く場合を除いては、あまり外に出ないようです。

小塚さんの部屋からは、ずーっとミシンの音が響いています。

……手芸部時代から思っていたのですが、

小塚さんって、ものすごく、服作りが上手。

すでに売り物にしていいレベルかもしれません。

服に関しては「合うサイズがないから自分で作るしかないのだろう」というのが手芸部員の定説だったわけですが、それは間違っていたのかもしれません。だって、小塚さんはおカネ持ちなのですから。オーダーメイドの服なんていくらでも作れる財力があるのですから。そこをあえて手作りしているということは、つまり小塚さん本人がかねてから言っていたように、「ひとつひとつ手作りしてこそ愛が宿る」というのが真実なのかもしれません。

小塚さんは、ときどき、ひとりファッションショーを開催します。どっさりのフリルやレースで飾られた自作の衣装を身にまとい、ウィッグをつけたり、ヘッドドレスや帽子、日傘などの小物を合わせたりして、姿見の前でポーズを決めるのです。

滑稽とは思いませんでした。

どの衣装も、小塚さんにはよく似合っていたのです。さすが、自分に合わせて手作りしているだけのことはあります。小塚さんは、自分に何が似合うのか、ちゃんとわかっているのです。

鏡の中の小塚さんは、いきいきと輝いています。

ただ見ているのもなんだったので「写メ撮っていい？」と訊いてみたら、小塚さんは「どこにも流さないなら」と控えめに微笑みました。私は決して流さないと約束し、お人形さんのような小塚さんを何枚か撮りました。

小塚さんちでの生活は、奇妙に穏やかなものでした。

小塚さんは服作りに取りかかると、すっかりそれに集中してしまうので、私に話しかけてくることもなくなります。私たちは、おなかのすくタイミングも、食の好みも、何もかもバラバラですから、食事は各自のペースで摂っていました。そんな調子だから、同じマンションの一室にいながら、丸一日顔を合わさないでいることもありました。

私はといえば、凝った料理を何時間もかけて作ったり、パソコンを借りてネットしたりして、春休みをのろのろと消化しています。

ハウスキーパーさんは、相変わらず、私を見ても何も言いません。

小塚さんちに転がりこんで、ちょうど一週間が経った頃。

私は手芸部の同級生たちと、他県のテーマパークに行きました。

深夜バスで行って、朝から晩まで遊んで、また深夜バスで帰るという弾丸プラン。卒業記念のプチ旅行です。二月中にすでに行くことは決まっていて、旅行代金も払っていたので、行くしかありませんでした。

小塚さんは誘われていません。

私も、小塚さんには、これが手芸部の集まりだとは言っていません。心苦しいけれど、本当のことを言うよりはいいだろう、と思って。

走り出したばかりのバス車内でのこと。私の隣に座った子は、元クラスメイトだったのですが、彼女がいきなり「ねえ、知ってる？　北沢ってさあ」と切り出したので、すごくドッキリしました。

そういえば私、まだ北沢に返事をしていない。とんでもないことが次々起こったので……ちょっと忘れていました。

ごめん北沢。

「卒業式のあと、仲のいい何人かでカラオケ行って、そこでぶっ倒れたんだって」

「えっ……」

「病院に担ぎこまれて、そのまま入院」

「嘘でしょ」

「ホントホント」

「倒れたって、どうして？　何か病気？」

「盲腸だって」

「……もうちょう」

「そう。あ、でも、一週間経ってるし、もう退院してるのかなあ？」

この話を聞いた以上は、お見舞いメールくらい出すべきでしょうか。

でも、このタイミングでそんなメール、かえって迷惑かも……

個人的な悩みはともかくとして、旅行は楽しいものでした。

春休みなのでかなり混んでいたけれど、メンバーの中にこのテーマパークに詳しい子がいて、その子のナビのおかげで効率よくいろいろなアトラクションに乗ることができたし、キャラクターと記念撮影することもできました。

お終《しま》いには、夜のパレードを見ながら、みんなで「高校に行っても友達でいようね！」と約束しました。

この約束はどの程度守られるのかなあと頭の片隅で考えながら。

だって、そう、たとえば……

あくまでたとえばの話ですが、一年後、私が死んだとして、この中の一体何人が、お葬式に来てくれるでしょうか。

その程度のものなのです。

——何事かと思いました。

お土産片手に小塚さんのマンションに戻ると、エントランスの左右に、大勢の人が集まっていたのです。一瞬、テーマパークの混雑と重なって、春休みはやはりどこも混むのだろうか、なんてバカなことを考えてしまいました。

おじさんばかりでしたが、こぎれいな女性もちらほらいました。大小のカメラを抱えている人、携帯電話で声高に会話する人、ノートパソコンや携帯端末でネットチェックしている人が、よく目につきます。みんな、一様に、何かを狙っているような険しい顔つきをしていました。そばを通るのが怖いくらいでした。

これは、もしかしなくても、報道陣、というやつでしょうか。

ここらへんで何か大きな事故でもあったのかな……と思いつつ、なんとなく、嫌な予感はしてたのです。

そしてその予感は当たっていました。

小塚さんちの玄関ドアに、びっしりと埋め尽くすように紙が貼られ、ひどい言葉が書き殴られていました。「出て行け」「人間のクズ」「かねかえせ」「死ね」「死ね」「死ね」……

なんだ、これ。

震えそうになる手で、渡してもらった合鍵をどうにか取り出し、ドアを開けました。紙が貼られただけなのに、玄関ドアはずいぶん重たくなったように感じられました。

「小塚さん」

室内はやけに静かでした。

いないのかな？

……いや、

電気もついていない、長い廊下の向こう。

リビングのドア口。

小塚さんがこちらを向いて立っています。

いつもより一回り膨らんで見えるのは、ふっくらしたワンピースを着ているからです。最近仕上げたばかりの、小塚さん渾身の作。黒地にさらに黒いレース柄が浮かび上がっているようなゴージャスな生地に、白のフリルがこれでもかとあしらわれ、ボタンやカフスボタンも、選び抜かれたアンティークが使われています。

よく見ると、小塚さん、家の中なのに、ばっちりお化粧しています。真っ白と言っていいほど厚く塗られたファンデーション。赤黒い口紅。バサバサのつけまつげと、隈取《くまど》りのようなアイライン……

なんだろう。

ライブにでも行っていたのでしょうか？

でも、それにしては。

私は小塚さんに近づき——

「こづ」

それが目に入って、思わず息を呑《の》みました。

ぞわぞわと悪寒が足を這い登ってきます。

彼女が手にしているもの、あれは、

包丁……

台所にあるうちの一本です。

私も何度か使ったことがあるから間違いありません。

その姿を前に、私はただただ凍りつくばかりでした。

小塚さんがようやく声を発しました。「鴇子クン？」

「……はい。はい。鴇子です」

小塚さんはにっこり微笑みました。「なーんだ鴇子クンか。おかえりー」

私が、小塚さんの手にする包丁に目を落とすと、小塚さんはその手をさっと背中に回しました。

「あう、ごめんなのです。ちょっとね、賊が侵入してきたのか、と思ったのですよ」

「……」

「今このうちを守れるのは、私だけだから」

「……何があったの」

「およ？　ニュース見てない？」

「ニュース？」

小塚さんは「えへ」と肩をすくめ、舌を出しました。おどけてみせたのでしょうが、マットな厚化粧をしているせいか、そこだけ濡れて生々しく光る舌は、たとえば悪役プロレスラーの威嚇のような、異様な迫力がありました。

「ママの会社がねー、訴えられたんだ。えへへ」

リビングに入り、テレビをつけました。

ちょうど、どこの局も情報番組を流している時間だったので、お目当ての報道はすぐに見ることができました。

荒っぽく揺れるテレビ画面の中――以前、このうちの玄関先で「ゆっくりしていってね」と笑ったあのおばさんが、マイクとカメラの群れに追われています。ほとんど非難のような質問が、次々に浴びせかけられます。おばさんは無言を貫いて、どうにか乗りこんだ車で去っていきました。

次の映像では、顔をぼかされ音声を加工された女性が、いかに巧妙にカネをもぎ取られたか、今の生活がどれだけ惨めで苦しいか、涙声で告白しています。

いわゆるネズミ講というやつだったようです。

さらに、簡単なCGで手口が解説されます。こんな単純な話に引っかかる人がホントにいるのかな……と首をかしげつつ見ていたら、なんと、被害者数は三桁に及び、被害総額は数十億円にのぼるとか。

ちょっと信じられない思いでした。

カメラはスタジオに切り替わり、司会者やコメンテーターが眉をひそめつつ「小塚社長の弁舌の巧みさ」「あきらかに違法とわかる手口にあっさり引っかかってしまう現代人の余裕のなさ」などなど、見てきたかのように語っています。

ふと思いつき、テレビリモコンのdボタンを押してみました。

画面に表示されたメニューから「最新ニュース」を選択してみると、さがすまでもなく、かなり上位に「疑惑の健康食品会社に強制捜査」という見出しがありました。

……ああ、ホントに大事件なんだ。全国的ニュースなんだ。現在進行形の。

私はなす術《すべ》もなくそこに座りこんでしまいました。

「あのー」

男性の声が、いきなり響きました。

ギョッとして振り返ると、見たことのない男性がひとり、リビングにのそのそと入ってくるところでした。ペタッとした髪の、冴えない男性です。

誰？

私が持ち帰ったお土産のクッキーをことわりもなく開けてバリバリ食べていた小塚さんは、謎の男を指し「ママの部下のザビバさん」と答えました。

ザビバ？

それ、本名？……じゃない、よね？

あやしい……

ザビバさんはボソボソと言います。

「出て行くことをオススメ。絶賛オススメ中ですが？」

深刻な話をしているはずなのに、何が楽しいのかずっとニヤニヤしています。もともとこういう顔なのでしょうか。そうだとしても、なんだか感じの悪い人です。こちらをちらちらと見てはいるのですが、まともに目が合いません。

「たぶん近々ここも家宅捜索入るし。なぜここにいるのか説明できない人は出てったほうがいいでしょう。あー家宅捜索されたいならいてもいいけど。ふふっ」

私はすぐさま客間に行って、自分の荷物をまとめました。

客間を出ると、小塚さんがまた廊下の真ん中でぼんやり立っていました。ドアが開けっ放しになった自分の部屋を、じっと見つめています。

包丁をまだ持ったままだったのでちょっと怖かったけれど、私は彼女の隣に立ち、彼女と同じように、彼女の部屋を見つめました。

彼女の部屋はフリルやレースで溢《あふ》れています。

自作の衣装。キラキラした小物。ときどきPersimmon Seedのグッズ。

彼女が愛してやまないものでいっぱいです。

小塚さんは哀しそうに呟きました。

「この部屋もカタクソーサクされるかな？」

「……どうかな」

　中学生の娘の部屋なんてあさってもしょうがないと思うのですが、でも、家全体を調べるとなると、やはり娘の部屋であっても引っくり返すのかもしれないし。わからないのでなんとも言えません。さすがに、ぬいぐるみやバンドのポスターを押収したりはしないと思うけれど。

「でも、引っ越しはしなきゃだよねえ。もうここには住めないもん」

「……」

「どれくらい持っていけるかな？　全部は無理かな……」

　彼女は大切なものを抱えきれないほど持っている。

　私とは違う。

　彼女は決して「生き辛い人」なんかではなかった。ただ、私がそう思いたかっただけ——自分よりも生き辛そうな人間を見ていると安心するから。

　小塚さんを見下すことでやがて見えてきたのは「浅ましい私」でした。

　それだけでした。

「ごめんね、鴇子クン。こんなことになって」

「ううん。こっちこそ……ごめんね」

深夜バスの中で飲んでいたお茶の残りを、ちびりと飲みます。

五百ミリリットルのペットボトルに、まだあと三分の一ほど残っています。

それを手に、駅前の公園のベンチにぼんやりと座ります。

ファストフード店などに入って休むのは、躊躇われるのです。そろそろ財布の残金が気になるので。これからどうなるかわからないし。おカネはできるだけ使いたくありません。

天気がよくてよかった。

これで雨でも降っていたら、目も当てられませんから。

小腹がすいたので、クッキーを一枚食べました。お土産のつもりで買ったココアクッキーです。目を離した隙に小塚さんにほとんど食べられてしまったのですが、辛うじて何枚か持ち出せました。

お茶をもう一口飲む私の目の前を、牛丼チェーン店の袋を手にさげた人が通っていきます。

私が座っているところからも見える場所に、牛丼屋さんがあります。店先に大きなタペストリーがかけられていて、春の新メニューを謳っています。

おいしそうだなあ。

私、ああいうお店の牛丼って、食べたことないのです。チェーン店の牛丼を日常的に食べる人が、私の周りに今までいなかったから。

ぜひ一度、食べてみたいのですが。

それよりも。

これからどうしようかなあ……

と空を仰いだ瞬間、携帯電話がメールを受信しました。

叔母からです。

珍しい。叔母はひどい筆不精なのに。

とにかく、メールを開いてみます。

またろくでもないことが書いてあるんだろうなあ、と思いつつ。


——この数時間後。

とあるアパートの暗い廊下で、私は彼と顔を合わせることになるのです。

「上野さんですか？　こんばんは。あの、私、大塚鴇子です」

4

「汚い部屋で申し訳ない。まあ、あのー、座ってて。寒いし」

そう言って上野さんは、一旦、台所に行きました。

上野さんちのお兄さんは、いたって普通の人でした。特別怖そうということもなければ、この上なく優しそうということもない、どこにでもいそうな二十代。

私は大人しく炬燵《こたつ》に入り、コートを脱ぎ、簡単に畳んで――チャラ、という金属的な感触が手に当たりました。あれ、ここ何を入れてたっけ、とポケットをさぐると、出てきたのは、小塚さんちの合鍵。

しまった。持ってきちゃったんだ。慌ててたから。

返さなきゃ。でも、どうやって返そう？……

そんなことを考えていると、上野さんが部屋に戻ってきました。

手ぶらで。

あれ……お茶とか出ないのか。

まあ自分でお茶持ってるし、いいけど。

じゃあなんのために台所行ったのか……

落ち着かないのかな？

まあ、そりゃあ、そうですよね。

だって「あなたの異母妹です」なんて言う女がいきなり現れたら、誰だってポカンとしますよね。彼は私が来ることを聞いていなかったみたいだし。玄関先で追い返されても文句言えないくらいです。

でも、どうも様子がおかしい。

だってこのうちってどう見ても彼のひとり暮らしです。

上野蔦夫《つたお》さんが住んでいる様子はありません。

私、なぜここに来なきゃいけなかったんだろう？

おもむろに「あんま、似てないね」と上野さんが言いました。

「え？」

「いや、君がさ、親父に、上野蔦夫に、あんまり似てないなって」

「はあ、えっと……そう、ですね。はい。お母さん似だってよく言われます」

言われたことないけど。

そういうことにしておこう。

「僕も母親似なんだ。お互い、助かったよね」

「はは……」

ドキドキ。

話を逸らさなければ。

炬燵の上に目をやります。いろいろなものが雑然と置かれています。爪切り。テレビのリモコン。雑誌。からっぽのペットボトル。それから、開封されていない郵便物や公共料金の請求書。宛名には「上野鷲介さま」。

鷲介……それが彼の名前か。

「鷲」は、たしか「ワシ」。でも「ワシスケ」ではないですよね。旁《つくり》が「就」だから「シュウ」──「シュウスケ」でいいのかな？

これだ、と思いました。

「あの、でも、私たち、名前が似てます」

「名前？　似てるか？」

「似てますよ。どちらも鳥の名前が入ってます」

「ああ」と頷いて、上野鷲介さんは姿勢を正しました。「あのさ、訊いていいかな」

「はい」

「なぜこの住所を知ってたの」

「お父さんから聞きました」

「親父が、上野蔦夫が、この住所に来いと、そう言ったの？」

「はあ」

そのはずですが。

でも、直接ではなく、叔母経由で聞いた、ということを、ここで言っておくべきでしょうか？　……いや、あまりヘタなこと言わないほうがいいかも。彼がどの程度把握しているかわからないし。

上野鶩介さんは首を捻ります。「おかしいな。僕は全然その話聞いてないんだよな。大体、なんで自分ちじゃなく僕んちを教えたんだろう。僕に知らせもせずに」

私も「さあ……」と小首をかしげました。

このことに関しては本当にわからないので。

内心では「あの叔母のやることだからしょうがない」と思ってもいます。でもそのへんの微妙なニュアンスを彼に説明するのは難しいことであり面倒にも思えたので、黙っています。

上野鷲介さんは携帯電話を取り出し、どこかにかけ始めました。

たぶん、確認のため、ご実家にかけているのでしょう。

でも、出ないみたい……

そのとき。

ぐぅー。

腹の虫が空気を読まずに盛大な音を。

顔がカッと熱くなります。「ごめんなさい」

すると上野鷲介さんは身を乗り出し、「鴇子ちゃん、いつから待ってた？」

「えっ」

「何時にこのアパートに着いた？」

「えっと……さっき、です」

「だからそれ何時？」

「……六時くらい」

「六時!?　四時間も待ってたのか！」

「はあ……」

「晩飯は」

「食べてませんが……でも、その、いいんです」

「よくないよー、マジかよー、ごめんなー、なんか」

「いいんです。だって上野さんお仕事だったんですよね」

「なんか食べなよ。カップラーメンでいい？　それが一番早くできるし」

「いえ、そんな、いいです、大丈夫です、一日くらい……」と言っているのに聞かず、上野鷲介さんは台所に行ってしまい――

そして、私の目の前にはカップラーメンが置かれました。

カップラーメン……見るのも久しぶりです。

小塚さんちは言わずもがな。亡くなったおばあちゃんも、カップラーメン的なものはあまり買わない人でした。そんなおばあちゃんに育てられた叔母も、そして私も、また然《しか》り。

食べる習慣はないけれど、嫌いというわけではありません。

四分待って、私はありがたくカップラーメンをいただきました。あっという間に、残さず、食べてしまいました。なんだかんだで、おなかは減っていたのです。そういえば、朝ごはんも昼ごはんも食べていませんでしたから。

洟《はな》が垂れてきたのでティッシュを一枚もらいます。

「カップラーメン食べたの久しぶりなんですけど、最近のカップラーメンっておいしいですね」

ちょっと侮っていました。

私は自分で自分が食べたものを片付けようとしましたが、上野鷲介さんに押《お》し留《とど》められました。「ああ、いいよ」

「でも」

「いやトイレ行くから。ついで」

そう言って上野鷲介さんは再び台所に入ってしまいました。

紳士だ。

テレビの音だけが響く六畳間でひとりになって、私は自分の携帯電話を取り出しました。画面の左上には、小さな文字で「圏外」と表示されています。

この携帯電話、実はもう、通信機能は使えないのです。

私は普段からそれほど頻繁にメールや通話をするほうではなかったのですが……今まで当たり前のようにあったものが突然なくなると、やはり、不安です。

……なんだか疲れた。

おなかは膨れたし。炬燵はあったかい。上野鷲介さんは親切。

傍らに置いたボストンバッグに頭をのせ、力尽きたように目を閉じました。

——昼間。駅前の公園で、ひとり、これからどうするべきかと途方に暮れているまさにそのとき叔母から届いたメールには、ただひとつの住所が、なんの説明もなく記されていました。

眉をひそめつつこれを見ていると、今度は着信が。

もちろん叔母からです。

「もしもし？」

『おー、生きてる？』

普段と変わるところのない、いつも通りに能天気な叔母の声です。

私に対して申し訳なさも責任も感じていないみたい。

わかってたけど。

「これ、なんなんです？」

『今どこにいんの？』

「なんの住所ですか？」

『今からそこに行ける？』

「なんで行かないといけないんですか？」

『行けるかって訊いてんの』

「私の質問に答えてください」

叔母はハアーッと溜め息をつき、『それあんたのお父さんちの住所だから』

「はい？」

『直接聞いたんだから間違いないわよ。この前ようやく見つけて、あんたのこと頼んでみたの。そしたらさ、認知してくれるってさ。よかったね』

「……私にお父さんていたんですか？」

『父親いなきゃ子供できないでしょう』

「そうでなく」

疑問が次から次へと湧いてきます。

でも何をどう訊いたらいいのかわかりません。

『こんなにあっさり話が進むならさ、もっと早くに見つければよかったよね。あんたにとってもそのほうがよかった』

「……どんな人なんですか」

叔母曰く、「普通のおじさん」だそうです。

名前は上野蔦夫。

奥さんがいて、息子さんがひとりいるのだとか。

上野家っていうのは、上野蔦夫さんのお父さん（私から見ればおじいさん）の代までは、大きなビルやマンションをいくつも持つ資産家だったそうです。しかし、そのおじいさん、ひどい浪費癖があり、道楽や投資にじゃんじゃんおカネを注ぎこんで、ついにはバブル崩壊のとき身を持《も》ち崩《くず》してしまったとか（私にはバブルというのがよくわからないのですが）。

で、おじいさんは、十五年ほど前にまだ六十代で亡くなったらしいのですが、その時点で、もはや財産らしい財産はほとんどなかったらしく。

よって、上野蔦夫さんも現在は一介のサラリーマン。

だからそのへん（＝遺産・相続関係）は期待するな、と叔母は言いました。

言われなくたって最初から期待なんかしていません。

……これまで叔母が私に「男がらみの話」をするときっていうのは、大抵、悪口ばかりでした。

今回も、悪口ばかりといえば悪口ばかりだったのですが。

いつもの悪口とは、どこか違いました。

微妙な違いなのですが。

まず、棘がないのです。怒りや後悔よりも「慕わしさ」のほうが勝《まさ》っているような口振りは、聞きようによっては、のろけのようにも聞こえます。それに、悪口自体にキレがない。いつも口汚くかつ的確に相手の短所や急所を突いていた叔母とは思えない手心の加えっぷり。

叔母は自覚していないのでしょうが、私には、わかってしまいました。

上野蔦夫という人は、これまで叔母の前に現れては消えていった男たちとは違う。

これは、もしかしたら、本当に？……

そう思うに充分な、叔母の態度でした。


さらに、叔母は言いました。

大塚鴇子の母親は、長く患っていた病のために一年前亡くなった。それ以降は大学院生の叔母と暮らすようになった。しかし叔母が海外留学することになったので、叔母が父親をさがしてきた——ということにせよ、と。

『辻褄合わなくなったら、死んだお母さんがそう言ってただけなので私にはわかりません、とかなんとか、子供らしくアホなこと言っとけ』

　私は本当に驚いてしまいました。

　誰が大学院生だって？

「なんでそんな嘘つかなきゃいけないんですか」

『あのね、ホントのことが自分の身を助けるとは限らないんだよ』

「だからって」

『女は体力的にも社会的も不利になるようできてるんだから。多少は狡賢《ずるがしこ》くならなくっちゃ。自分が幸せになるためのちょっとした嘘は許されるのだよ』

　なんだ、その屁理屈。「でもそんな嘘、絶対ばれると思う」

『うーん……まあ、大丈夫でしょ。ばれても』

「大丈夫なわけないじゃないですか」

『大丈夫なのよ。あっちは、こっちに対してやましさがあるから』

「？」

『とにかく、あんたは気にすることないの。テキトーなこと言って、堂々と世話になりゃいいのよ。あんたにはあの家に育ててもらう権利があるんだからね』

「それってどういうことですか」

『だってそうでしょ。上野蔦夫があんたの父親なんだから』

「……でも、それは」

『あんたはあの家でなら幸せになれる』

「またテキトーなことを」

『そうなの。私にはわかるの。私アタマいいから。そんじゃね。健闘を祈る』

それで通話は終わりました。


呆気ないもんだな、と思いました。

……三年。

三年も一緒に暮らしていたのに。

結局、彼女を理解することはできなかった。

一番身近であるはずの女性を受け容れることができなかった。受け容れてもらうこともできなかった。

私は、自分が哀しんでいることに、少し驚いていました。

そのとき、手の中の携帯電話が、またメールを受信しました。差出人は叔母。件名は「言い忘れてた」。

逸《はや》る気持ちを抑え、メールを開きます。

いまから携帯ショップ行って解約してくるから
あんたの携帯も使えなくなるんだった。
あんたの携帯わたし名義だし。
よろしく(^o^)

胃が怒りでカーッと熱くなりました。
文句言ってやろうかと思いました。本当に。
でもやめておきました。
時間の無駄でしょうから。

上野蔦夫さんが私の父親かどうかも、あやしいもんです。
もし「叔母＝母」だとすると、私は彼女と上野蔦夫さんとの間の子供ということになります。しかし二人はここ数日のうちに直接会って、私のことについて話したわけですから、上野蔦夫さんは「鴇子の母親は長く患っていた病のために一年前亡くなって～」というのが嘘だとわかっているはず。つまり叔母とグルになって嘘をついているということになります。なぜそんなことをする必要があるのでしょう？　自分の不利にしかならないのに。

上野蔦夫さんも、彼女の口車に乗せられているだけかもしれません。

あるいは、何か弱みを握られて脅されているのかも。叔母が「こっちに対してやましさがあるから」云々言っていたし。

それともやはり「叔母＝母」というのは私の思いこみに過ぎないのでしょうか。

叔母は「あんたにはあの家に育ててもらう権利がある」と言いましたが、だったらなぜわざわざこんな嘘をつかなければならないのでしょうか。

わけがわかりません。

でも、文句言ってても始まりません。

だって私、今はもう、そこに行くしかないんだから――

ぴよぴよ。ぴよぴよ。ぴよぴよ。

小鳥の囀りのアラームで、飛び起きました。

どこだここは。知らない部屋だ――いや。そうだ、ここは上野鷲介さんの部屋。寝てしまったんだ！　ごはんを食べさせてもらったとはいえ、見知らぬ人の家で眠りこけるなんて。なんてことを。つい、気が緩んでしまった。

それにしてもぐっすり寝た。夢も見ませんでした。

やがて上野鷲介さんがのそりと居間に入ってきました。どうやら彼は、一晩、台所で寝たらしいのです。私はとにかく謝りましたが、彼は特に気にしたふうもなく炬燵に入って、テレビをつけました。

今日も一日気持ちよく晴れるでしょう。

お天気おねえさんが笑顔で告げます。

「それより君さ、今日はどうするの」

「え」

「当初の予定通り、僕の実家に行く？」

「……はい、そうしないと……はい」

とにかく上野蔦夫さんに会わなければ。

上野鷲介さんは、一度、携帯電話でどこかにかけました（たぶんまた実家にかけたのでしょう）。でも、相手は出なかったみたい。それからちょっと考えて、鞄からメモとペンを取り出すと、実家の住所を書いてくれました。

私はこれを見ながら必死に考えました。

この住所は……ちょっと遠い。

行けるだろうか？

なにせ私には先立つものがない。

まあ、歩いていけないことはないかな……

おカネ借りるの嫌だし。

そして上野鶯介さんは、この部屋の合鍵も渡してくれました。

「君が出るとき、これで鍵かけといてくれる？　使ったら新聞受けに放りこんどいてくれればいいから」

「なるほど」

その手があったか。

小塚さんちの合鍵も、そうやって返せばいいんじゃないだろうか……ああ、でも、あのマンションには報道陣がまだいるかもしれません。あるいは、小塚さん自身がもうあの部屋を出てしまって、いないかもしれません。

まずは、一度、電話してみようかな？

公衆電話をさがさなくちゃ。

などと忙しく考えていると、洗顔を済ませて居間に戻ってきた上野鶯介さんが、さらりと言いました。「あのさ、何もないことを祈るけど、一応、なんかあったときのために、メアド交換しとこう」

「あ、無理です」

私のメールアドレスはもう死んでいるので。

上野鶯介さんはきょとんとしていました。

私の携帯電話は叔母の名義だから叔母が海外留学するに伴って解約して云々……という長々しい解説をしなければなるまい、と思ったのですが、上野鶯介さんは、テレビの時計を見るなり「げっ、しまった」と呻いて、バタバタと準備し、あっという間に部屋を出てしまいました。今日は朝から大事なお仕事があるのだそうです。

だからって、

……不用心だなあ。

私が部屋をあさって何かを盗むとは思わないのでしょうか。

私はそんなことをするような子には見えないのでしょうか。

残念ながら、私は盗む気満々です。

その一。電気。

携帯電話のバッテリー残量がそろそろまずいので、充電させてもらいます。通話もメールもできなくなってしまった携帯電話だけれど、時計を持っていない私にはこれが時計の代わりなので、ダウンさせるわけにはいかないのです。あと、アラームもそうですが、他にも、電卓とか、家計簿とか、カメラとか。携帯電話は役立つ機能がいっぱいです。

その二。食料。

他人の家の台所をあさって食べ物を盗むなんて、人として最低ですが。

仕方ありません。

私、堕ちるところまで堕ちてしまったんだわ。

おばあちゃんごめんなさい。

台所へ行き、冷蔵庫を開けて――そのあまりの物のなさに、むしろ哀れを覚えました。決して安価ではないお取り寄せスイーツでパンパンだった小塚さんちの冷蔵庫を見慣れているだけに、尚更です。飲み物も、発泡酒と栄養ドリンクくらいしかありません。なるほどこれではお茶も出ないはずです。

冷凍庫には食パンや豚肉が保存されていましたが、いつのものかわからないので、これを食べる勇気はさすがに出ませんでした。

男の人のひとり暮らしって、こんなものなのかなあ。

結局めぼしい食べ物は見つからなかったので（カップラーメンもありませんでした）、持っていたクッキーを一枚食べるだけで、朝の食事は終わりました。それから、洗面所を借りて顔を洗い、身支度を整えました。洗面台があまりにも汚かったので、余計なお世話とは思いつつ、ちょっと掃除をしました。

そうして私は上野鷲介さんの部屋を出ました。

合鍵は新聞受けに落としておきました。

5

小塚さんの部屋には、たくさんの漫画がありました。

少年漫画も少女漫画も、読みきれないほど。

暇なとき、私は、それを借りて読んでいました。

天涯孤独の主人公が世界を旅するファンタジー漫画が好きでした。

危険な事件も、孤独に苛《さいな》まれる夜もあるけれど、胸躍《おど》る冒険と財宝を求め、誰の干渉も受けず、自分の力だけで、風の吹くまま気の向くままに進んでいく、逞《たくま》しく利口な主人公。いろんな人たちと出会い、彼らと素晴らしい物語を紡ぎ上げ、別れるときは潔く爽やかに、後腐れなく……

そんな主人公が、羨ましかった。

私はどう頑張っても、そんなふうにはなれないから。


その日は何もかもがうまくいきませんでした。

まず、小塚さんの合鍵の件。

公衆電話を見つけて、小塚さんの携帯電話にかけてみました。でも、何度かけても留守録に切り替わってしまうのです。とりあえず「合鍵をうっかり持ってきてしまったから返したい」「私の携帯電話は今使えないので公衆電話からかけている」という内容のメッセージだけは入れておきました。

念のため、小塚さんちの固定電話にもかけてみましたが、こちらはツー、ツーという音が鳴るばかり。……電話線を抜いてあるのかもしれません。

それから、上野鷲介さんの実家に行く件。

上野鷲介さんがくれたメモは、わかりやすいものでしたが、おカネを節約するためにバスは使わず、ターミナル駅まで歩いていきました。

券売機の上に掲げられた料金表を見ると、やはり、手持ちのおカネでは足りないことが判明。こちらも徒歩で行くしかありません。目に留まった大型書店で地図を立ち読みして道順をチェックしてから、出発しました。

まあ大丈夫だろう、と楽観視していました。

歩くのは好きだし。

しかし——大きな道路沿いを歩いている間はよかったのですが、細い道に入ってしまってから、わけがわからなくなってしまいました。つまりは、あっさりと迷ってしまったのです。周辺にあるのは、畑と野原、ときどきお墓。道を尋ねることができるような派出所もなければ店舗もなく、人影もほとんど見かけませんでした。

そうこうしているうちに、だんだん暗くなってくるし。

お茶はついに底をついてしまうし。

クッキーも食べ尽くしてしまった……

こうなってはもう、わかるところまで引き返さざるを得ませんでした。

しかしこの場合の「わかるところ」というのは、ターミナル駅だったわけで。

そこまで引き返してくると、もうヘトヘトで、駅構内の待合室に座りこむなり、一歩も動けなくなりました。「迷うなんてバカすぎる」と自分に憤るのと同時に、「やっぱり無理だったか」と肩を落とし、「私ってホントどんくさい」とちょっと泣きそうになりながらも、あまりにも疲れていたので、ちょっとうたた寝してしまいました。

ハッと目が覚めたときには、外はもうすっかり暗くなっていました。

改めて焦りを覚えました。どう足掻《あが》いても、今日はもう実家に辿り着くことは不可能です。野宿はさすがに嫌だし……こうなれば、もう一晩だけ、上野鷲介さんを頼るしかない。あの人は親切だから。大人だから。事情が事情だし、きっとなんとかしてくれるはず。

そう思い、意気揚々と待合室を出ました。

自分の考えの甘さに思い至りもせず。

アパートに辿り着いた頃には、もう夜八時近くになっていました。

見上げると、上野鷲介さんの部屋にはあかりがついています。

それを見て、すごくホッとしました。

かつてないほど歩いたせいか、履き慣れた靴なのに、足の裏全体がじんじんと痛みました。しかし、立ち止まるともうそこで動けなくなりそうだったので、ひたすらに歩を進めます。

ドアの前に立ち、チャイムを押します。

ピンポーン。

反応なし。

もう一度押してみます。

ピンポーン。

やはり反応なし。

きっと勧誘か何かだと思われてるんだ。

ピンポーン。

無視され続けるとこっちもめげそうです。

でも押し続けます。しつこいけれど。

だって、ここで開けてもらえなければ、私——

ピンポーン。

ピンポーン。

と、しばらく押していたら、ついにドアが開きました。上野鷲介さんはかなり驚いた様子でしたが、とりあえず、家に上げてくれました。

そして、すぐに追い出されました。

千円札一枚だけ持たされて。


落胆してはいません。

いつもこうですから。


そもそも私はいろんなものが欠落しているのです。

みんなが当たり前に持っているものを、私は持っていなかったりします。

持っていないことが当たり前なので、そのことについて哀しいとか寂しいとか思うこともなくなってしまいました。昔はあったのかもしれませんが、そういう感情はすっかり擦り切れてしまったようです。

ただ、不安に思うことはあります。

具体的に何が、ということはないのですが、漠然と不安になるのです。

こんな私で大丈夫かなあって。

とにかく返すべきものは返さなくてはなりません。

合鍵のことです。

まず電話です。しかし、しょっちゅういろんな場所で見かけているような気がするのに、いざさがすとなかなか見つからないのが公衆電話というものです。国道沿いにようやくひとつ見つけて、小塚さんの携帯電話にかけます。

十円玉も少なくなってきたので、かけるのはこれが最後。

たぶん今回も出ないだろうな、と思っていたのですが――

『もしもし、鴨子クン？』

「……あっ、もしもし」

出ました。

出ると思っていなかったので、面喰らいました。

今どうしているのか、とか、これからどうするか決まったのか、とか、いろいろ訊きたいことはあるけれど、でも電話代に余裕がないので、早速本題を。

「合鍵のことなんだけど」

『うん。留守電聞いたよ。知らせてくれてありがとう』

「やっぱり早めに返したほうがいいよね」

『そうだね。ここ賃貸だから鍵は揃えて返さないといろいろまずいんだよね』

小塚さんが現実的なことを言うとギョッとします。

とにかく私は、今自分がいる場所を伝え、これからどうするべきかを尋ねました。

『うーん、と、あのね……私は今、部屋を出られない状態なのです。私の顔、もうみんなに知られてるみたいだから。今出たらマスコミに囲まれちゃう』

囲むかなあ？　中学生を。

でも小塚さんはそう思いこんでいるようです。

それに、あの報道陣の中を通るのが怖い、という気持ちはわかります。

『だから、代わりにザビバさんに行ってもらおうと思うんだけど……いいよね？』

「え……うん」

望むところではないけれど。

そうするしかないというなら……仕方ありません。

私のいるところから程近い市民公園で待ち合わせ、ということになりました。ザビバさんは車を使うので、二、三十分で来れるそうです。

その市民公園には、なんとか辿り着くことができたのですが、でも——昼に見ればまた全然違った雰囲気なのでしょうけども、夜見るその公園はぎくりとするほど暗く、死んだように静かで、ものすごく危険なもののように見え、正直、近づきたくもありませんでした。

　こんなとこ待ち合わせ場所に指定するなんてどういう神経してんだバカ、と腹が立ちました。本当に、本当に入りたくなかったけれど、でも、ここまで来てすっぽかすわけにもいかず――それに、
　どのみち私には逃げ帰る家もないから。

　だから腹を決め、公園内に入りました。

　でもやっぱり暗いところにいるのは嫌なので、公園横のコンビニに一番近くて、街灯に照らされたベンチを選んで座ります。

　怖いけれど、奇妙に落ち着いてもいました。

　感覚が研ぎ澄まされるというのでしょうか。

　街や家の中にいるよりも夜が濃く感じられました。

　不思議な感覚でした。

　あのファンタジー漫画の主人公も、野宿しているときなんかは、こんな気持ちになるのでしょうか。

　どれくらい時間が経ったでしょう。

やがて暗がりから、ザビバさんが「ども、ども」と現れました。くいくいとしきりに顎を突き出しているのは、会釈のつもりでしょうか。相変わらず、何が楽しいのかニヤニヤしています。

私はザビバさんに小塚さんちの合鍵を渡しました。

「持ってきちゃってごめんなさいって小塚さんにも言っといてください」

「はいはい」と、ザビバさんはポケットに鍵を入れました。

これで彼の用は済んだはずですが——

しかし立ち去らず、突拍子もないことを言い出しました。

「鴇子クンのトキってさ、あれでしょ、ニッポニアニッポンでしょ」

ニッポニア……？

ああ、学名か。

「まあ、そうです」

「ふっ。カッケーふふっ。カッケーんですけど」

純日本産は絶滅して中国産も絶滅寸前ですけどね。

ザビバさんはなおその場を立ち去らず。

「ねー、鴇子クンってさ」

まだ何かあるのか。

ていうかなんであんたまでクン付けで呼ぶんだ。

だんだんイラついてきました。

彼のニヤけた顔を見るのが苦痛で、目を逸らします。

早くどっか行ってくれないかな……

「あの丘の上の女子校行くんだってね」

「……はあ」

「あそこの制服カワイイよね。セーラーで」

なんなんだこいつは。

この年頃の男性が、女子高生の制服について話すのって、よくあることなんでしょうか。——そんなわけ、ないですよね。ああ。やだな。この人やだ。見るのも見られるのもやだ。なんでこんなことになってしまったのだろう——と思う一方で、頭の中では——ほーらね、やっぱりこうなるんだ、なんでこんなのにまんまと引っかかるかな、バカな私、少し考えればわかるだろうに——と、もうひとりの私が嘲っています。

悔しい。ああ、いやだ。いやだ。逃げたい。逃げなければ。でも私には逃げる場所なんてない。いや、そういうことではなく。とりあえず一番近いあのコンビニまででいいから。でも走っていけるかな。この疲労しきった足で――

そのときです。

「ちょっと」

私たちに近づいてきた人影がありました。

「あ」

目を疑いました。

街灯のあかりの中に現れたのが、上野鷲介さんだったからです。

「その子になんか用すか」

険《けん》のある声に、ザビバさんは急にそわそわしだしました。「あ、いやあ、別に……こんなとこに女の子ひとりでいるの危ないなあって思って声かけただけだよ。……あ
ー、もしかして、俺、怪しい人に見えちゃってる？　あちゃー、参ったー」

ザビバさんは、助けを請うようにちらちらとこちらを見てきますが、私はあえて黙
っています。

ザビバさんはますます狼狽《うろた》えて、そのせいで不審者度が上がっています。

「全然、違うから。危ないこと考えてたわけじゃないから。てか、あんたこそなんな
の」

「兄です、その子の」

「あに？」

あに？

私は驚いて上野鷺介さんの顔を見上げました。

「えー、へへ、マジい？　ホントかなあ？　ずいぶん歳離れてるみたいだけど」

「腹違いなんで」

腹違いだから歳が離れているとは限らないと思うのですが、ザビバさんも動揺しているのか「そうなんだ」と納得。もはや私のほうを見ることもせず、足早に離れていきました。通報されては敵《かな》わないと思ったのでしょう。

その背中が見えなくなったところで、上野鷺介さんは「はーっ」と大きく息を吐き、

「……あっぶないなあ、もう！」と私を睨みつけました。

私は首をすくめ、「危ないことはされませんでしたけど」と口走りました。我ながらバカな返答だとは思いましたが、でもこれって、自分は何もされていないのだとアピールしたい気持ちの表れ、なけなしの見栄なのです。

案の定、上野鷺介さんは頭に来たらしく。

「これからされてたかもしんないだろう！」

あ。

私いま怒られてる。

「ごめんなさい」

「ホントに危なかったんだぞ、今！」

上野鶯介さんの怒鳴り声が、静かな夜の公園にわんわん響いています。

全力で怒られるのって……すごく久しぶりかも。

……おばあちゃんが元気だったとき以来？

自分でもよくわからない感情が溢れてきて、少し涙目になりました。暗いから、上野鶯介さんには見えていないだろうけれど。

心配して怒ってもらえるのって、なんだかそわそわします。

でもそれって決して嫌な感じではありません。むしろ――

「ここなら、すぐそこにコンビニがあるから、大丈夫かなって」

「コンビニの店員が助けてくれるとは限らないだろ～」

「走って逃げこめば」

「足に自信あるの？　成人男性を振り切るタイムで走れるの？」

「どうかな……」

「ちょっともうこわいこわいこわいこわい」

そうですよね。

呆れますよね。

私も私に呆れています。

「あのさ」

「はい」

また怒られるかな。

と思ったら。

「さっきは……すみませんでした」

謝られてしまいました。

なぜ。

思いがけないことだったので、私はきょとんと上野鷲介さんを見つめました。

「あの……僕、ついさっき母親から聞くまで、君の境遇を知らなかったんだ。だからあんなふうに言ってしまったんだけど、でもそれにしたって、ひどいこと言ったと、大人げなかったと思ってます。ごめん」

「そうだったんですか」

私を追い出したことなら、別に謝る必要なんかないのに。

むしろそれは上野鶯介さんの正当な権利です。

だって、もしかしたら私は、あなたたちを騙《だま》しているのかもしれない――

「あの、えっと」

でもそのことはまだ言わない。

狡い私を許してください。

「えーと、そういうことですので……」

何かと反発していたけれど、なんだかんだで叔母の言う通りなのです。

――あのね、ホントのことが自分の身を助けるとは限らないんだよ――女は体力的にも社会的も不利になるようできてるんだから。多少は狡賢くならなくっちゃ――自分が幸せになるためのちょっとした嘘は許されるのだよ――

今はその言葉を真に受けておきたい。

だって、私も自分の居場所がほしいんです。

ひとりぼっちはやっぱり嫌なんです。

「だから私、いきなり現れて迷惑だと思うんですけど」

「迷惑だなんてやめてくれそんな言い方は」

「え、あ、はい。あの、だからその、よろしくお願いします。すみません」

「謝るなよお。君はなんにも悪くないよ」

「そうでしょうか」

「うん。だから君は何も後ろめたく思うことはないんだ。胸張ってればいいんだ」

その言葉が本当に嬉しかった。

「はい」

上野鷲介さんは普通の人です。

ごくごく普通の、いい人です。

だからこそ、私、どうせ生きていかなきゃならないなら、こういう人のそばがいいんです。才色兼備でなくても、ハウスキーパーを雇えるほどおカネ持ちでなくても、いいんです。


植物は、根から栄養を吸収し、根によって自立しているそうです。

根がなければ、他の植物に寄生することもできない。

枯れるか倒れるかして朽ちるだけ。

それだけだと、思っていました。

でも。

たとえ根がなくても、きれいな水で満たされた花瓶に生けてもらえるなら。そこで大事に見守ってもらえるなら――

もっと別の生き方が、できますよね？

「さっきお借りした千円で、ちょっと買い物をしていいですか」

と、上野鶯介さんにお願いしました。

今夜はもう遅いので、また上野鶯介さんのおうちに泊めてもらうことになりました。今日も屋根のあるところで眠れるなんて、ありがたいことです。

その前に、ひとつ、買っておきたいものが。

いいよと頷いた上野鶯介さんは、手を差し出して「その鞄、持ってようか」と言ってくれました。

「え。でも」

「いいよ、持つくらい」

「そうですか？……」

こんな大きいボストンバッグなのに、持ったらぷらぷらに軽いから、驚かれるかもしれません。

でも、彼になら、私の人生の軽さを垣間見られてもいいような気がしました。

だから、

「それじゃあ、お願いします」

と、ボストンバッグを渡します。

上野鷲介さんの表情を見ないままパッときびすを返し、真っ赤な軽自動車が通り過ぎるのを待ってから車道を横断して、コンビニに入りました。

ペットボトルのお茶を購入するのです。

上野鷲介さんのおうちに飲み物はありませんから。

夕方に手持ちのお茶が底をついて以降、何も飲んでいないので、すっかり喉が渇いてしまいました。コンビニであっても、プライベートブランドのものなら、かなり安く買えてお得です。

喉を潤し、満たされたら、今夜はもう眠りましょう。

それで私の冒険は終わりです。

僕の結論／私の発見

三月下旬、僕は事故に遭った。

車道に飛び出したところをバンに撥《は》ねられたのだ。

吹っ飛ばされた衝撃で脳震盪を起こし、一時意識を失っていたものの、かなりスピードの出ていたバンにぶつかられて骨の一本も折れなかった。擦過傷《さっかしょう》とかはそれなりにひどくて結構な出血があり、見た目は痛そうだったが、まあ大騒ぎするような怪我ではない。この程度で済んだ理由について、医師は「大きなボストンバッグを抱えていたからだろう」と言った。無論、鴇子《ときこ》のボストンバッグである。車と接触したとき、これがうまいこと間に入って、クッションになってくれたらしい。

人生、何が幸いするかわからん。

ただまあやっぱりそのボストンバッグはダメになってしまった。僕の血がべったり付いたり、アスファルトに擦ったため穴が開いたりで、見るも無残な姿だ。僕は確認していないが、中に入っていたものも、壊れたりしているのではないだろうか。鴇子は「大したものは入ってなかったからいいんです」と言ってくれたが、女の子が肌身離さず持ち歩いていたものが大したものではないということはなかろう。僕に気を遣ってくれているのに違いない。お詫びとして、そのうち新しい鞄を買ってやらなければなるまい。

職質中に起こった事故だったということ、また、事に当たった警官が僕に対し「あらぬ疑い」をかけていたということもあり、警察の人たちからは過剰とも言える謝罪を受けた。最近は、警察の不祥事とか濡れ衣とか冤罪とか、そういうことに対する市民の目が厳しいのだろう。が、結局のところは、僕が勝手に飛び出して勝手に轢かれただけの話である。穏便に済ませた。

それはそれとして。

僕が病院送りになったことで、連絡を受けた父母が病院に駆けつけ、僕に付き添っていた鵜子と鉢合わせ→鵜子が住所を間違えていたことが発覚→僕は検査入院のため動けないので、鵜子は実家で預かることに決定――

という流れがあり、いろいろ予定は狂ったものの、鵜子は無事（？）上野家《うえのけ》に行き着くこととなった。

父は開口一番「心配したんだよ」と言った。

僕に向かって、ではなく、鴇子に向かって。

ひどくね？

あんたの息子はヘタしたら死んでたんですよ？

と思ったが、父が鴇子を心配したのも無理のないこと。

訪ねてくるはずの日時になっても鴇子は現れないし、携帯電話にかけてみてもずっと不通だし（父もまた鴇子の携帯電話が解約されていることに思い至らなかったのである）、一体どうしようかと考えあぐねていたところ、僕が事故ったという知らせが届いて仰天、その場に鴇子も居合わせていたことを知ってまた仰天、というわけだ。

鴇子が上野家初訪問するはずだった日時が、母が一泊温泉旅行のため不在であった日時に合わせられていたことについては、息子としてツッコミを入れるべきなのかもしれないが……その日を選んだ気持ち、わからなくはないので、あえて黙っておく。

父はともかく。

問題は母のほうだ、やっぱ。

事情が事情とはいえ、愛人の娘を家に上げるというのは、どう考えても、いい気分のするものではなかろう。鴇子に対してこれみよがしに邪険な態度を取ったりということはなく、どちらかといえば同情的ですらあったが、どのように接すればいいのか決めかねているようで、この母にしては珍しく始終言葉少なで、かつ、ちょっとピリピリしていた。基本的には善良な人だから、天涯孤独の十五歳少女をいびったりはしないだろうけど。

鴇子が上野家に住み続けることはなさそうだし。

なぜなら、鴇子の進学先は寮のある女子校で、すでに入寮手続きも済ませてあり、新年度からは嫌でもそこに住むことになるから——なんつーかまあよくできた話だが、しかし、この場合は「鴇子が上野家を出て入寮する」というのが、誰にとってもベターな選択であることは間違いない。

鴇子が上野家に滞在するのは、入寮までの数日間だけ、ということになる。

その程度なら母も鴇子も同居のストレスに耐えられるだろう。

どういう話し合いが持たれたのか不明だが、息子の緊急入院に揃って顔を出すということは、父母の仲はぶち壊れてはいないようであるし、鴇子もおさまるべきところにおさまった、というわけで——僕はドジって事故ってしまったけれども、総合的に見ればコレって、最悪の結末ではない、よな？

僕の検査入院は一日だけ。

異常もなかったので次の日から仕事に戻った。

慢性的に人手不足なので、うかうかと休んでいられないのである。

今年度入社の新人くんが、年明け頃からいきなり出社してこなくなったのだが、その理由が「上司から理不尽な叱責を受けたため人間不信になった」というもので（僕が見る限りそんなひどい叱《しか》られ方はしていなかったと思うのだが）、それだけならまだしも、その新人くんの母親という人が、上司に対し、毎日のように電話をかけてきては「あなたはうちの子に何をしたのかわかってるんですか？」とクレームをつけてくる始末で、上司もこれにはすっかり参ってしまって「俺のやり方って間違ってんのかなあ」と、今度はこちらが出社拒否しそうな勢いなのである。

みんな、いろいろ大変なんだ。

そんな中、重傷でもないのに長々と休んで、同僚ひとりあたりの負担を増やすわけにはいかない。というわけで僕は、包帯や絆創膏に覆われて痛々しい見た目になりつつも、いつもと変わらぬ平日を淡々と消化した。

で、その週末、実家へ向かった。

数年ぶりの帰省であった。

鴇子の様子を見るためだけに帰省したのではない。

僕には、確認しておかなければならないことがあった。


実家に到着したのは夕方だった。

母は、出かけていて不在だった。お友達とヨガの体験レッスンだそうだ——社交的な性格なので、もともと外出の多い人だったが、最近は特に多いらしい。なんだかんだ言っても、現在の家の状況は居づらいのかもしれない。

しかし、母には悪いが、今日ばかりはいてくれないほうが助かる。

晩飯を食ったあと、僕と父は居間で二人きりになった。

父は座椅子にふんぞり返って、あたりめをつまみに発泡酒を飲みながら、テレビを観ている。インテリ芸能人をパネラーに迎えた人気のあるクイズ番組だ。

鴇子は風呂に入っている。さっき入ったばかりだから当分出てこないだろう。

僕は父の斜向《はす む》かいにそろりと座った。

「なあ」

父に話しかけるなんて、あまり馴染みのないことなのだが。

しかしもう腹を括《くく》っていたので、すんなり話しかけることができた。

「鷲介《しゅうすけ》って名前つけてくれたの、じいさんだよな」

父はテレビ画面から目を離さないまま答えた。「ああ、そうだなあ」

「じいさんは、子供や孫に名前をつけるとき、必ず鳥の字が入るようにしてた……そうだよな?」

鷲介の「鷲」しかり。

蔦夫《つたお》の「蔦」しかり(「蔦」というのは鳥の名前ではないので、重視されるのはその字の内に「鳥」が含まれていることだと思われる)。

さらに、叔父(父の弟)の名は鳶雄《とびお》、その娘の名は千鶴《ちづる》だ。

ということは。

「鴇子って名前をつけたのも、じいさんじゃないの?」

父は首をかしげた。「どうだったかなあ」

「じいさんが亡くなったのは十五年前。鴇子は十五歳。ギリギリ間に合う。鴇ってそんな頻繁に使われる字でもないし――」

「知らないなあ」

……すっとぼけ方もずいぶん堂《どう》に入《い》ってるじゃないか。

長年、うだつの上がらない平凡なサラリーマンだとばかり思っていたが。その実どうやら僕の親父はなかなかのタヌキだったらしい。

体型はもともとタヌキだが。

じゃあ、これならどうだ。

「鴇子のお母さんって、鳴海《なるみ》っていうんだってな」

本日、二人きりになったときを見計らって、鴇子に「お母さんの名前はなんて言うの」とこっそり訊いてみた。鴇子は最初言い渋っていたので、ちょっと気が引けたけども、なんとか聞き出した。

「鳴海ってのも、鳥の字が入ってるな」

僕は、父の顔色を窺いつつ、慎重に言った。

「隠し子なのは、鴇子じゃなくて、鳴海のほうなんじゃないの？」

すると父は「ぶわはは」と笑って腹のあたりをボリボリ掻いた。「だとしたら、鴇子ちゃんは僕の孫になるってか。わはは」

「そっちのじゃなくて。じいさんの隠し子ってことだよ」

やはり僕にはどうしても、上野蔦夫がよそで子供をこさえるようには思えない。

親の誠意を信じたいとか青臭いことを言いたいわけではなく、現実を直視できないでいるわけでもなく、ただ単純に「そんなホットな真似ができる柄じゃねーだろ」と思うのだ。

だが祖父なら話は別。

祖父が亡くなったのは十五年前、僕がまだ小学校低学年のとき。だから僕は祖父のことをほとんど覚えていない。しかし武勇伝は多種多様よくよく聞かされている。賭け事も酒も女遊びも、かなり派手にやった人らしい。祖父の葬式に、かつてのお妾《めかけ》さんのひとりから献花が届き、キレた祖母がその献花を蹴り倒した、というのは親戚間では有名な話だ。

隠し子がいると言われても、祖父なら驚かない。むしろ「あのじいさんならやりかねん」てなもんだ。

つまり、だ。

僕が言いたいのは、大塚《おおつか》鴇子が父の隠し子なのではなく、大塚鳴海が祖父の隠し子だったのではないか、ということ。すなわち、異母きょうだいなのは、僕と鴇子ではなく、上野蔦夫と大塚鳴海のほうなのではないか——

「おまえ……」父は眼鏡の奥のつぶらな目をぱちくりさせた。「二時間サスペンスの探偵役みたいだな」

「茶化すなよ」

「でも、根拠はそれだけか？　名前に鳥の字が入ってるって、それだけじゃ、ちょっと説得力に欠けるんじゃないか。名前に鳥の字を使うなんてことは、うちのじいさんでなくてもできるわけだし。そもそも、それを聞き出してどうする？」

「……どうって」

「興味本位で訊かれてもね。どんなに近しい間柄であっても言わないほうがいいってことは世の中にいくらでもあるわけだから。プエルトリコ！」

最後の「プエルトリコ！」というのは、テレビの中の「魔の三角地帯とも呼ばれるバミューダトライアングルは、北大西洋西部のある三地点を結んで形成される海域だが、その三地点というのは、バミューダ諸島とフロリダ、もうひとつはどこ？」というクイズにお茶の間解答したものである。

僕はリモコンを摑み、容赦なく電源を切った。

アンサーを見損ねた父は「あー……」と目に見えてしょげた。

テレビが消えただけで部屋はずいぶん静かになり、父とサシであるということがより一層意識され、そして集中力はずいぶん高まった。

僕はリモコンを掴んだまま言った。「興味本位ではない」

以前、バーテンダーな友人に言われたことを思い出す。

――親父さん、もしくはおふくろさんは、まだおまえに話していないことがあるんじゃないか？ というか、おまえ、親父さんやおふくろさんにちゃんと話聞いた？

僕は聞いたつもりでいた。でもそれはホントに「つもり」に過ぎなかった。僕は何も聞いてはいなかった。聞こうともしていなかった。

そういうことはもうそろそろ卒業したいし、すべき、なのだろう。

「大事なことだと思ったんで、ちゃんと知っておきたいんだ。俺は当事者でもあるんだし。そうだろ。俺には言ってくれてもいいんじゃないの」

父は発泡酒をちびりと飲んだ。

……話す気がない、のだろうか。

僕は信用に値しないのだろうか。

でもそれも仕方ない。なんせ僕は頼りない。

経済的にはもちろん、人間的にも、まだまだ。

自分でもわかってる。

「まあ、その……おまえには言えないって思ってるなら、いいけどさ。諦めるけど。そう判断されたなら。しょうがないし」

電話で母に言われたことが、ふと思い出された。

――あんたに言ってもしょうがないかなって思っちゃうのよ。だってあんたって、いつも、ちゃんと話聞いてくれないんだもの。

ホント、おっしゃる通り。

さすが母親。よく見てらっしゃる。

僕はそういう人間でした。

内省はするが、地味にヘコむな。

「そうだなあ」と、ようやく父が口を開いた。「まあ、おまえは長男の長男だし。僕が死んだら鴇子ちゃんを守ってやれるのはおまえだけってことになるしなあ」

それを聞いて、なんか胸が、じわ、となった。高揚とは違う。緊張とも違う。言葉のどの部分に反応したのかもわからない。「死んだら」というところに反応したのか、それとも「鴇子ちゃんを守る」というところに反応したのか。わからない。

ただ、じわ、と痛んだ。

「聞いて得した気分になるような、大層な理由じゃないぞ」

僕は頷いてみせた。

父はあたりめを口に入れ、もぐもぐやり始めた。「――晩年のじいさんはねえ、僕や鳶雄のことはもう何も心配しちゃいなかった。ほとんど存在を忘れかけてたくらいだ」

たしかに。

祖父がちゃらんぽらんであった反動だろうか、父と叔父は、揃って慎重かつ真面目な人物で、問題点らしい問題点はない。就いた職業もお堅い。それぞれ家庭もすでに持っていたし、祖父が彼らに思い残すようなことはなかったであろう。

「たくさん持っていたビルも、土地も、何もかもなくして、ずいぶん身軽になっていたし……そういう意味では、カネを持っていた頃よりお気楽に生きていたかもしれない。そんなじいさんが、唯一、最期の最期まで気にしていたのは、鳴海ちゃんのことだった」

「……」

「何もしてやれなかった、何も残してやれなかったと、そればかり悔やんでいたね。あんなじいさんでも、娘は可愛かったんだろう」

現在も健在である祖母について、僕は「おっとりした、おばあちゃんらしいおばあちゃん」という印象しかないのだが、本来、かなり気性の激しい人らしい（献花を蹴り倒すくらいであるからして）。

妾との間の娘などは、家に入れたくても入れられなかったのだろう。

そしてお妾さんのほうも、それを望まなかったに違いない。

「じいさんは、ばあさんのいない隙を見計らって、僕に事あるごとに言っていた。もし鳴海ちゃんがこの家を頼ってくるようなことがあれば、できる限り手を貸してやれと。それだけが自分のやり残したことであり望みなのだと」

「だから今回は手を貸してやった、と？」

「そういうこと」

「そういうことなら――なんでそれ、母さんに言わないの。実はこういう事情があって、って打ち明けてもいいんじゃないの」

「言ったよ」

「え⁉」

「やっぱ言わなきゃなあと思って」

「でも、母さんは……知らないっぽい雰囲気だったけど」

「そこはなんか誤解があったみたいで」

「ごかいって」

「僕の説明が悪かったんだな、たぶん」

……まあ、それもあるだろうけど。

父は弁の立つほうではないし。

しかし、母のほうにも問題はあったろうと思われる。ちゃんと話を聞いているように見えて、その実、独自解釈が幅を利かせすぎていることがしばしばあるのだ、母の場合。

「怒られただろ」

「いや別に。でもやっぱり腑には落ちないみたいだけど」

「ふうん」

「だから母さんの協力はあんまり望めないな」

「まあ、そうだろうな」

期待をするのは酷というものだ。

それはそれとして。

僕の中には、もうひとつ、大きな疑問があった。

しかし、ちょっと躊躇《ためら》っていた。

これを訊いていいものかどうか——

でも、今訊いておかないと、もう訊けるタイミングはそうそう訪れないような気がしたので、訊く。

「鴇子の本当の父親は？」

「わからない」

「……」

やっぱり、という思いだった。

大塚鳴海には、他に頼れる人間がいなかったのかもしれない。

父親が誰であるにせよ、できた子供に責任を持てない時点で、ネガティブな事情を抱える人物なのは間違いないし、だとすれば、たとえ婚外子という立場になったとしても、上野蔦夫に認知されたほうが、鴇子にとって有利な部分が大きい、と判断したのではないか。母親として。

にしても、だ。

この陰謀によって被る上野蔦夫のリスクは相当なものである。自分の家庭が崩壊する危険を冒してまで、亡父の心残りを昇華させようとする姿勢は、ある意味男らしいし、正直尊敬の念をいだかないでもない。

でも。

「大丈夫なのかよ」

「でも、それって……」僕は思わず声をひそめた。「しゃべりさえしなければ」

「大丈夫だよ。おまえが誰かにしゃべりさえしなければ」

「しゃべらねえよ、んなこと」

僕もついにあたりめに手を伸ばした。

そのへんのスーパーマーケットに普通に売っているもので、特に美味《うま》いあたりめではないが……

何かをガジガジ噛み締めたい気分だったのだ。

「そうじゃなくて……戸籍《こせき》的に、法的に、大丈夫なのかってこと。だって、つまり、異母妹の娘を自分の娘であると偽って、認知したってことになるんだろ。それ、ばれるといろいろまずいんじゃないの……よくわかんないけど、なんか、偽造とか偽称とか、そういうのになるんじゃないの」

「全然、偽称なんかじゃないよ。鳴海ちゃんは認知もされていなかったし、そもそも、鳴海ちゃんがじいさんの子だって証拠はどこにもない」

「え？」

「状況的には、まあまず間違いない、と言っていいんだけどね」

父は発泡酒の缶をぐーっと呷った。

缶を天板の上に戻すとき、強く叩《たた》きつけたわけでもないのに、コン、と高い音がした。飲み干してしまったらしい。

「しかし、だ。十五年前に死んだ道楽者の、三十数年も昔の行為を、誰が、どうやって証明できる？　お妾さんのほうも、もう亡くなってるし」

「……」

「現代の技術は、ＤＮＡ鑑定だなんだといろいろあるから、本気で証明しようとすればどうとでもなるんだろうけど……でも、一体どこの誰がそんなカネや手間をかけるかね。科学的に証明したところで誰も得しないってのに。一番単純な認知は、父親が、ハイ僕の子供です間違いありません、と自主的に届け出る任意認知で、誰にも迷惑かけてないなら疑われもしないし文句も言われないいんだよ。ということは、認知したもん勝ちさ」

認知したもん勝ち、って言葉はおかしいと思うが。

でも、たしかに。

言わなければわからないことではある。

「……このことを知ってるのは？」

「僕と母さんと、たった今から、おまえ」

「鳶雄叔父さんは？」

「あいつは知らない。あいつはばあさんに似て頭が固くてね。妾とか隠し子とかにはピリピリしちゃうほうだから」

……それって。

父には味方と言える存在がいないってことじゃないか。

僕がなんとなく気づいてこうして訊きださなかったら、今後もずっと、この件をひとりで抱えこんで、ひとりで戦っていくつもりだったのだろうか。

マジかよ。

すげえな。

僕は一瞬、考えた。

ほんの一瞬だけ。

それから、頷いてみせた。

「わかった」

こうして僕は、父の共犯となったのである。

僕はリモコンを持ち上げ、テレビの電源を入れた。

司会者と解答者たちの華やかなトークが、広くはない居間に再び満ちる。

クイズのほうも佳境のようだ。

「……あのさ」僕はスウェットのズボンから携帯電話を取り出した。「ついでだから、ケータイの番号を教えといてほしいんだけど」

なんの「ついで」だよ、内心でセルフツッコミしてしまうが。

まあ、ホント、「ついで」ですから。

特に深い意味はないですから。

父は首をかしげた。「あれえ、教えてなかったっけか」

「聞いてないな」

「でもこっちのケータイには入ってるぞ。おまえの携帯番号とか、住所も」

「俺は教えた覚えないよ。母さんが勝手に入力したんじゃないの」

「あーそうかも」

「とにかく、こっちにはそっちのデータ入ってないからさ、そっちのデータちょうだいよ。赤外線でいいじゃん、チャチャチャッと」

「その赤外線通信ってのがいまだによくわからない」

「えーもう。じゃあ貸して」

アナログ親父め。

父は畳の上に転がっていた自分の携帯電話を「はいはい」と取った。もう何年も使い続けている、かなり古い機種である。僕は父の携帯電話をひったくり、いろいろ覗いてみた。

が。

「なんだよ、上野蔦夫のデータないじゃん」

「なんで？」

「なんでって。作ってないからだろ」

「最初から入ってるんじゃないのか？」

「んなわけないだろ。どんな親切機能だよ。自分で作らなきゃないよ、この機種だと」

「え？　でも鳴海ちゃんは自分のケータイに僕のデータを赤外線で――」

僕と父はほぼ同時にハッと顔を上げた。

「大塚鳴海にこのケータイを渡して操作をさせたってこと？」

「……そう。僕は赤外線通信よくわからないから。鳴海ちゃんは、今のおまえみたいに、じゃあ私がやるから貸して、って」

僕は、手の中にある父の携帯電話に今一度目を落とし、アドレス帳にある「上野鷲介」のページをまじまじと見つめた。

「上野鷲介」──

「上野蔦夫」と、字面が、似てなくも、ない。

僕は当然のことながら見慣れているから「間違えるわけねーだろこんなもん」と思うが、初めて見た人だったら、見間違うこともあるかもしれない。

大塚鳴海は、赤外線通信のやり方がよくわからないという父の代わりに、父の携帯電話を操作し、赤外線通信機能を用いて自分の携帯電話に「上野蔦夫」のデータを送信した……つもりだったのだろうが、実のところ、それは「上野鷲介」のデータであって（そもそも父の携帯電話内に「上野蔦夫」のデータは入っていない）──さらに、その「上野鷲介」のデータを、「上野蔦夫」のデータとして鴇子に教えてしまったのだとしたら。

それが、鴇子が、上野家ではなく僕のアパートに辿り着いてしまった理由。

きっとそうだ。

「……最後の謎が解けた」

ジャンジャカジャーンと能天気なファンファーレが居間に響いた。テレビの中でも最後のクイズが終わり、優勝者が決定した模様。

そのとき、ふすまがさらりと開き、風呂からあがった鴇子が居間に顔を出した。

「あの。お風呂あがりました」

おっと。

危ない危ない。

同時に振り返った僕と父は、揃ってニコリと笑ってみせた。

◇

……なんだろう？

居間のお父さんと鷲介さんが、私に笑顔を向けています。笑いかけてくれること自体はいいことなのですが、なんだか、何かをごまかそうとしているような、共犯者めいた雰囲気が、あるような？……

私に関することでナイショ話でもしていたのでしょうか。

まあ、私の処遇について話し合うべきことは、いろいろあるでしょうし。

気にしないことにします。

鷲介さんは、体のあちこちを包帯や絆創膏で覆われています。

彼は、ほんの数日前、交通事故に遭ったのです。私の目の前でのことでした。スピードの出ていた車に勢いよく撥ねられ、地面に叩きつけられ、そのあとピクリとも動かなくなり、おまけに血がダラダラと流れてきたので……本当にショックでした。もしかして彼は死んでしまったのではないかとさえ思いました。恐ろしくて、その場から動けませんでした。救急車の中では泣いてしまいました。そして後悔しました。彼とかかわってしまったことを。

すべて「私のせい」のような気がしたんです。

だって、私に親切にしてくれた人は、みんな、ひどい目に遭う。

小塚《こづか》さんもそうでした。北沢《きたざわ》も、盲腸で倒れました。もしかしたら、私が気づいていないだけで、おばあちゃんや叔母も、何かしらの不利益を被っていたのかもしれません。だから私の前から姿を消してしまったのかも……

だから、鷲介さんも「私のせい」でこんなことになってしまったのではないか。

そう思い、本当に申し訳ない気持ちになったのです。

消えてしまいたかった。

そんなとき、鷲介さんを診《み》てくれたお医者さんが言いました。

鷲介さんの怪我が比較的軽いもので済んだのは、鷲介さんが持っていた私のボストンバッグがクッションになったからだ、と——

それがホントかどうかはわかりません。

でも、あんなに軽くて頼りない、中身のスカスカなボストンバッグでも、役に立つことがあったのかもしれない、というのは……ちょっと嬉しいことでした。

そのボストンバッグは、使い物にならなくなってしまいましたが、鷲介さんの身代わりになったのだと思えば、惜しくありません。中身も、大したものは入っていなかったし。

だから開き直った、というわけではないのですが、私はまだ上野家でお世話になっています。

他に行くところがないから、というのはもちろんですが、このおうちは安心できるのです。すべてがすんなりとなんの問題もなく——というわけには、さすがにいかないけれど、それでも、なんとか私を受け容れようとしてくれているから。それがわかるから。寮に入るまでの、ほんの数日間ではあるけれど、ここに置いてもらうことができてよかった。

叔母の言葉が、ふと思い出されます。

——あんたはあの家でなら幸せになれる。

聞いた瞬間は、いつものように何も考えずテキトーに放った一言のように思えましたが……もしかしたら、案外、核心をついていたのかもしれません。

居間を離れようとすると、鷲介さんに呼び止められました。

「明日、携帯ショップ行こう」

「えっ」

「新しい携帯電話買わないと」

「でも」

「いらないの？　ないと不便だろ、やっぱ」

「そうですけど、でも」

「じゃあ行こう。未成年は保護者の同意書とか必要なはずだし。俺が一緒に行くってことでいいよな？」と鷲介さんはお父さんに話を向けます。

お父さんは「いいんじゃない」と頷きます。「ケータイはおまえのほうが詳しい」

「車借りるよ。明日使わないだろ」

「いいよ」

私は思い切って口を挟みました。「いいんですか」

お父さんはもう一度頷きました。「いいよ」

なんだか胸がドキドキしてきました。

携帯電話なんて、買ってもらえるとは思っていなかったので。

携帯電話を買うのは、初めて買ってもらった水色の携帯電話以来、二度目です。

「ありがとうございます！」

よかった。

これでメールができる……

小塚さんがどうしてるか、気になっていたのです。

寮に入ってからも、鷲介さんやお父さんに気軽に連絡できるだろうし。

やはり携帯電話は通話できてナンボですね。

◇

先週打ち合わせしたときのこと。編集のU野くん（24歳）が「なかなか貯金が増えない」とボヤいていました。遊び歩いているわけでもない、おカネのかかる趣味《しゅみ》を持っているわけでもない、そして恋人がいるわけでもない（現在募集中！）、まじめにお仕事してるU野くんなのに、なぜそんなに貯《た》まらないの？――彼から貯金方法を聞き出して、ワタクシ「なるほどそれでは貯まらないわ」と思いました。【中略】毎月使うだけ使って残った分を貯金する、という方法では、大抵、貯まらないものなのです。毎月の貯金額が不規則になってしまうし、計画も立てにくい。真剣に貯金したいと思うなら、まず、毎月の貯金額を決める！　そして、毎月の収入からコレと決めた貯金額（三万なら三万、五万なら五万）を差っ引いて、その残金で生活する！　コレ、基本中の基本です。でも意外とわかっていない人が多いみたい。簡単すぎることだからこそ、見落としてしまうのかもしれませんね。【中略】生活費が制限されるわけだから、くらしは少々苦しくなるかもしれないけれど、「今月はこれだけしか使えないのだから」と思えば、意外となんとかなるものです。かえって、生活のムダを見直すチャンスになるかもしれません。【中略】外食が多いのであれば一食でも多く自炊に切り替える。ペットボトルのお茶ばかり買っているのなら家で沸かしてマイボトルを持ち歩く……そういう、ちょっとしたことでいいんです。ちょっとしたことの積み重ねが、無理のない貯金につながり、心のゆとりにもつながるのです。【以下略】

編集のU野くん（24歳）というのは、言うまでもなく僕のことである。

先々月、県内在住で、ときどきテレビ出演などもされている「節約アドバイザー」の品川《しながわ》アケコ先生にコラム執筆をお願いし、掲載したところ、読者から意外なほどの好評を博したため、今月から「おしえて！　アケコ先生　デイリー節約の心得」というコーナー名で連載されることになった。

節約術、節約料理、節約生活——節約と名のつく本やら番組やらが手堅くウケるということは、みんな、カネに関してそれなりに悩んでいたり迷っていたり、見えないところで我慢していたりちまちまと工夫していたりするのかもしれない。僕が知らないだけで……

そんなことを考えさせられるこのコラムの担当編集者は、僕である。

熟女には若い男を当てがっておけば間違いない、という考えに基づき僕に決まったらしいが、それってセクハラじゃないの？

品川先生その人は、親しみやすい方だ。若い男に特別目がないというわけでもなく、気さくで、締め切りも守ってくれる。ただ、コラムの中で僕をいじりたがるのが困りもの。「編集部員の存在が前面に出るのはどうかと思うのですが」と上司にさりげなく進言したが、「具体例があったほうがわかりやすいし親しみが持てるから問題ない」とスルーされてしまった。いや、わかりやすさとか親しみやすさとかじゃなくてですね。プライバシーの問題なんすよ。U野くんはカネ持ってないっていうことが県下にあまねく知れ渡ってしまうじゃないですか。恥ずかしいじゃないですか。あと（現在募集中！）とか大きなお世話だしマジやめてほしい……のだが、僕以外はこのノリに好意的なので、当面、やめさせることはできないだろう。

嘆かわしい。

でも、もしかしたら……

もしかしたら、だよ。

このコラムを読んで、U野くんにものすごく共感してくれて、U野くんは貯金もなく節約生活を必死こいて実践しているケチ野郎だということも重々承知の上で、それでも「このU野くんってイイかも」って言ってくれる女子が、（現在募集中！）を真に受けて、現れてくれるかもしれない。

……なーんて。

都合よすぎる妄想だけどさ。

でも、現実というのはしばしば予想のはるか斜め上を突き抜けていくものだということに、僕はもう気づいてしまっているので。

期待するくらいならいいよな、と思うわけだ。

減るもんじゃなし。

それはともかく。

四月のとある日曜。

僕は鴇子と会うことになった。

鴇子が入寮して以降、初めて会う。まあ、近況報告会みたいなものだ。僕も、包帯がすっかり取れた姿を見せたかったたし、桜が満開の時期だし——なんにしても、ちょうどいいタイミングだった。

そろそろ鞄も買ってやりたいしな。

通学には学校指定の鞄を使うだろうが、高校生ともなればどこへ行くにしてもそれなりの鞄は必要であろう。

待ち合わせ場所は、鴇子の学校に最寄りの駅の、駅前広場。

鴇子は真新しい制服姿で現れた。

黒に近いグレーのセーラー服だ。襟やリボンは、渋いのに鮮やかな紅色。新品のローファーを履いた足で、その場でくるりと回ってみせる。

「どうでしょう」

「まだまだ着られてるカンジ」

「ですよね」

「似合ってるんじゃない」

鴇子はエへと照れたように笑った。

褒めてほしかったのだろう。

やだもう女子高生カワイイ。泣ける。

ベンチに腰掛けていた僕は、勢いをつけて立ち上がった。「よーし、じゃ、まず、なんか食べに行くかあ。食べたいものある?」

「えっ、いいんですか」

「えっ、ダメなの?」

「ダメではないと思いますけど……でも、すごい。こんなお昼に制服でごはん食べに行くなんて」

なんかすごいことで喜んでるな。

でも、そうだったかもしれない。僕も昔は。田舎の中学生で、田舎の高校生だったから。初めてファストフード店にひとりで入って、ひとりで注文して、ひとりで場所取りをして、ひとりで食べ終えたとき、全然すごくないことなのに、すごく誇らしくなったような気がする。

「で、食べたいものは？　なんでもいいよ」

「えっ、えーっと、そうだなあ……」

こう見えても地元タウンガイドの営業兼編集なので、このあたりの飲食店には人より詳しいんだ。和食にはじまり、洋食フレンチイタリアン、中華にインドベトナムタイ韓国、創作無国籍なんてのもあるね。あるいは「女子が好きそうな店」「ランチがお得な店」「デカ盛りがある店」といったふうにカテゴライズしても大丈夫。どんなリクエストにも応《こた》えられるつもりです。

「うーん、どうしようかな」

必死の表情で悩む女子高生・鴇子。

あまりに悩んでいるものだから茶化したくなって、「もちろん奢《おご》るけど僕貧乏だから高いの無理だぞ」と冗談まじりで言ってみる。

するし。

「あッ、あの、じゃあ」鴇子は俯き、もじもじと呟いた。「牛丼屋さんの牛丼」

「すまんかった。余計なこと言った。貧乏っていうのは言葉のアヤで、さすがにそこまで困ってるわけではないので、もっと高くてもわりと大丈夫なんで、遠慮しないでください」

するし鴇子はパッと顔を上げ「遠慮してません」と、かぶりをふった。「私、牛丼屋さんの牛丼食べてみたいんです。行ったことないから。昔からテレビのCMとかで見るたびおいしそうって思ってたんですけど、なんていうか、行く機会がなくて」

「はあ」

まあ、たしかに。

十五歳女子にはなかなか入りづらいだろう。最近は女性のおひとりさまも見かけるようになってきたとはいえ、やはり多いのは男客だ。友達同士ならファストフード店やコーヒーショップに行くだろうし……

「ホントに牛丼屋でいいの？」

「おかしいでしょうか」

「全然」

拍子抜けしたが、でもむしろ助かる。若い女性が好むようなオシャレなレストランやカフェは気分的にアウェイで、むしろ僕のほうが挙動不審に陥ってしまうおそれがあるが、牛丼屋なら完全にホーム。堂々とお兄さんぶって案内できるし、正直、懐にも優しい。

「じゃあ行ってみっか。すぐそこにあったはずだし」

「はい！」


いつだったか、十条《じゅうじょう》が言っていたことを思い出す。

――女の子に限らず若い子が頑張ってる姿って、なんかいいよね。泣けてこねえ？

そうだな。

泣けるね。

――もしかしてこれが歳を取ったということなのだろうか。

そうかもな。

――百パーセント純粋な気持ちで成長を見守ることができる女の子がいるのって羨ましいなあってこと。

そうだろ。羨ましいだろ。

成長する彼女を見ていると、自分も成長しなきゃなって思うんだ。

気持ちが逸《はや》るのか、鴇子は僕の少し前を歩いている。

桜の木の下のセーラー服ってのは、なんとも絵になるものである。

鴇子はふと振り返り、また無邪気なことを言った。

「お兄さんは牛丼屋さんよく行きますか？」

「いつもお世話になってます」

そのとき、僕の携帯電話が鳴った。

取引先からだった。

◇

鷲介さんが牛丼を奢ってくれるそうです！　やったね。

鷲介さんは、今、公園内で立ち止まって、携帯電話で話しています。お仕事の電話だそうです。私は先に公園を出て、通りの向こうに見える牛丼屋さんをじっと眺めながら、そわそわと待っています。

ついにあれを食べる日が来たのです。

すごいです。夢みたいです。春ですね。

何を頼もう？

ガラスに貼られたポスターの、あの春の新メニュー、おいしそう。

でもやっぱり初めてならスタンダードなものを頼むべきかな。

ああ、期待が膨らむ……

「大塚？」

背後から声をかけられました。

牛丼にうっとりしていたので、不意打ちでした。

「北沢！」

私服の北沢が、目をまん丸くして、こちらに歩み寄ってくるところでした。卒業式からまだ一ヶ月も経っていないので、見た目はほとんど変わりありませんが、でも、やはりちょっと痩せたような気がします。

「えーと、その、久しぶり」

「うん」

「それ、高校の制服？」

「あ、うん、そう、そう」

「はあー」と北沢はパンダでも発見したような顔で私を眺めます。

「あ、ねえ、聞いたよ。盲腸だったんでしょ」

「ああ、うん」

「大変だったね」

「そうだなあ、大変と言えば大変だったけど……でもさ、運がよかったよ」

その言葉に、びっくりしてしまいました。

盲腸になって、運がよかっただなんて。

「どうして？」

「だって、卒業式終わってすぐ倒れたんですよ？　式の最中じゃなくてよかった。式を台無しにするところだった」

そして北沢はニッカと笑いました。

「俺って、ちょこちょこ運がいいんだ」

……ああ、そうか。

そういう考え方もあるか。

私は、自分が行く先々で不幸を振り撒いているような気がしていました。でも、それは、ずいぶんな考え違いだったかもしれません。自分の存在が誰かの運命に影響を及ぼす、なんて、とてもおこがましい考え方ですよね。そんなに単純なものではないはずですから。

「あ、あの、それで」と、北沢が急に歯切れ悪くなりました。

もじもじそわそわと、挙動が落ち着きません。

これは。もしかして。

「あの……できれば返事を」

やっぱり。

でも、たしかに、返事はしなきゃですよね。

いつまでも保留にしておいていい問題ではありません。

「い、嫌なら嫌と言ってもらっていいんだけど。というかむしろ断られるならいっそのこと絶対嫌とキッパリ言ってもらったほうがこちらとしても諦めがつくというか」

「あの……嫌ということはないんだよ。でも」

でも、

……でも？

断る理由は、なんだっけ？……

とフリーズしていたら、

「どなたかな」

鷲介さんが私の隣に立ちました。通話を終えて、公園を出てきたのです。

私と北沢はヒャッと飛び上がりました。

鷲介さんは淡々と繰り返しました。「どなたかな」

「あ、ええと、中学で同じクラスだった北沢くん」

「ほう」鷲介さんは北沢にニコリと笑いかけました。「どうも。兄です」

しかし目が笑っていません。

なぜ。

「おにいさん」北沢も急に姿勢をシャキッと正しました。「初めまして、北沢です！」

……あれ？　なに？

なんなの、この緊張感。

なんだか、もうひと波乱ありそうです。

あとがき

お疲れさまです、柴村《しばむら》です。このたびは拙著『雛鳥《ひなどり》トートロジィ』をお手に取っていただきまして、ありがとうございます。


片や、あまりパッとしない青年。

片や、おとなしそうに見えるけど？……な少女。

主人公っぽくないふたりを主人公にした本作、いかがだったでしょうか。ちょっとダメダメなところもあるけれど、それが彼らの「可愛げ」であるように思っていただければ、作者としては嬉《うれ》しい限りです。


さて。

ページがかなり余っています。

うむ……

というわけで、以下、用語解説（？）などやってみたいと思います。

解説といっても、柴村が思いついたことを書き連ねるだけなので、さほど大層なものではありません。むしろ、どうでもいいことばっかりかも。気軽に読み流していただければ。

ネタバレなどはしていないと思いますが、先に本編を読まれてからのほうがより楽しめるかと思います。

そんなカンジで、どうぞ！

【雛鳥トートロジィ】　書籍タイトルはいつも悩みどころです。今回も様々な案が出たのですが、なんだかんだで『○○トートロジィ』という形に落ち着き、では「○○」には何を入れる？　という問題になり、これも様々な案が出て、最終的に「雛鳥」か「若鳥」のどちらか、ということになったのですが、「若鳥」ってのは、ちょっと、焼鳥屋さんみたいかもしれんね……ということで「雛鳥」に決定。『雛鳥トートロジィ』で決まったかに見えた次の瞬間、柴村が（なぜか）「トートロジィ」以外の可能性をさぐってみようぜ！　と言い出し、（ほとんど何も考えず）「雛鳥コンプレックス」「雛鳥スープレックス」「雛鳥サマーソルト」などなど（なんの脈絡もなく）提示。しかし担当氏の「トートロジィのままで」という冷静な一声であっさり決着。この本のタイトルは『雛鳥トートロジィ』となりました。このタイトルになってよかったと思います。

【上野鷲介《うえのしゅうすけ》の迷走】　この話だけ、二〇一二年六月刊行の『電撃文庫MAGAZINE Vol.26』に掲載してもらいました。雑誌掲載は久しぶりでした。枠を取ってくださってありがとうございました。

【鷲介】　これで「しゅうすけ」と読みます。しかし「しゅうすけ」とタイプしてもまず「鷲介」とは変換されないので、ずっと「わしすけ」でタイプしていました。なので、担当氏と打ち合わせなどで彼のことを話す際には、ついうっかり「わしすけ」と言ってしまったり。

【十条《じゅうじょう》くん】　そもそも登場人物の少ない話なので仕方ないといえば仕方ないのですが、作中にて鷲介が直に会話する女性が母親と鴇子《ときこ》だけである、ということに作者はあるとき気づいてしまい、え、それって大丈夫なの、レーベルカラー的にもまずいんじゃないの、と焦り、だからといって今さら新キャラ投入するわけにもいかず、ではどうするかと考えあぐねた結果、なんかもう十条くんを十条ちゃんにしちゃえばいいんじゃないの、元同級生で気さくでいつでも悩みを聞いてくれて美味い酒と肴《さかな》を提供してくれる女性バーテンダー、いいじゃん、ステキじゃん、ナイスアイデア！　と思ったのですが、そうすると、鴇子という正規ヒロインの存在を脅かすニューヒロインが爆誕し、話の方向性がブレてしまいそうだったので、結局、十条くんのままでいてもらうことにしました。

また、プロットの段階では「十条くんがすべての黒幕でラスボス」という案もありました。ですが、作者の内なる声が「落ち着け」と、そっと諭したので、今のような構成になっております。

【Persimmon Seed】　略してパシモン。小塚《こづか》さんがおっかけてるバンド。そこそこ有名。オレサマ系ドリーマー。ファンのことをピーナッツと呼んで慈《いつく》しむ。音楽雑誌のインタビューとかで「俺たちPersimmon Seedはピーナッツと渾然《こんぜん》一体になることで至高のハーモニーを生み出すことができるんだ」とかなんとか言っちゃう。ちなみにPersimmon Seedとは、まんま訳すると「柿の種」。ピリッと辛口！

【クリームシチュー】第一稿では、鴇子がこしらえたのはクリームシチューではなく「鶏のトマト煮」でした。しかし、その後、書籍タイトルが『雛鳥トートロジィ』に決定。「鳥」がシンボリックである作品内で鶏の煮込み料理を作って食って挙句に投げつけるって、なんか、ちょっと、どうなの……とモヤモヤしてしまったため、こっそりクリームシチューに変更しました。第一稿を読んでいるはずの也《なり》さんと担当氏は気づいたでしょうか……

「考えすぎやでえ」と言われればそれまでなのですが、まあ、でも、クリームシチューにしてよかったと思っております。あと、食べ物は大切に！

【ちゃらんぽらん】現実において「ちゃらんぽらんな人」ってのはちょっと困りますが、フィクション内での「ちゃらんぽらんな人」ってのは、見るのも書くのも好きで、ついつい出してしまいます。それと「ちゃらんぽらん」って音の響きがいいと思うんですよね。いいですよね「ちゃらんぽらん」。「ちゃらんぽらんな人」って言うと、もう、あー、ホントどうしようもない、ってカンジしませんか。でもなんとなく憎めない、ってカンジしませんか。同じようなカンジで「しっちゃかめっちゃか」ってのも好きです。めっちゃか……

【お仕事の電話だそうです】　鷲介パートのラストにかかってきた「取引先からの電話」の相手は、実はあのイタリアンレストランのオーナー（ファッションチェックした人）で、すッごい軽いノリで、やっほー、最新号読んだよ、俺、品川《しながわ》アケコ先生好きなんだよね、あのU野くんって君のことでしょ、面白いよねアレ、どうせ毎月読むからもうウチも広告載せちゃおうと思うんだけど、今度打ち合わせしない？　みたいな話をし、鷲介「マジすかー！」↓ガッツポーズ！　↓ウキウキで鴇子のところに戻ったら……という流れを入れようと思ったのですが、入れたら入れたでなんかモッサリしそうだったので、まるっとカットしました。すまんオーナー。鷲介はいい印象を持たなかったようですが、あのオーナーさん、悪い人ではないのです。

と。

まあ、こんなカンジで、いろいろゴチャゴチャ考えながら執筆しております。

おわりに。

こんな地味ーンな話をとっても可愛らしくオシャレに彩ってくださった也さん。担当氏をはじめとして本作の出版に携わってくださった方々。そしてなにより、本書をお手に取ってくださった読者さまに、改めてお礼申し上げたいと思います。

ありがとうございました!

柴村 仁 著作リスト

プシュケの涙（メディアワークス文庫）
ハイドラの告白（同）
セイジャの式日（同）
4 Girls（同）
雛鳥トートロジィ（同）

「我が家のお稲荷さま。」(電撃文庫)
「我が家のお稲荷さま。②」(同)
「我が家のお稲荷さま。③」(同)
「我が家のお稲荷さま。④」(同)
「我が家のお稲荷さま。⑤」(同)
「我が家のお稲荷さま。⑥」(同)
「我が家のお稲荷さま。⑦」(同)
「E.a.G.」(同)
「ぜふぁがるど」(同)
「プシュケの涙」(同)
「おーい！　キソ会長」(徳間文庫)
「めんそーれ！　キソ会長」(同)
「夜宵」(講談社BOX)

メディアワークス文庫

雛《ひな》鳥《どり》トートロジィ

柴《しば》村《むら》 仁《じん》

発行　2012年8月25日　初版発行

発行者　塚田正晃
発行所　株式会社アスキー・メディアワークス
〒102-8584　東京都千代田区富士見1-8-19
電話03-5216-8399（編集）
発売元　株式会社角川グループパブリッシング
〒102-8177　東京都千代田区富士見2-13-3
電話03-3238-8605（営業）
装丁者　渡辺宏一（有限会社ニイナナニイゴオ）
印刷　株式会社暁印刷
製本　株式会社ビルディング・ブックセンター

ISBN978-4-04-886901-0 C0193

メディアワークス文庫　http://mwbunko.com/
アスキー・メディアワークス　http://asciimw.jp/

本書に対するご意見、ご感想をお寄せください。

あて先
〒102-8584　東京都千代田区富士見1-8-19　株式会社アスキー・メディアワークス
メディアワークス文庫編集部
「柴村 仁先生」係

発行●アスキー・メディアワークス　し-3-2　ISBN978-4-04-868465-1

発行●アスキー・メディアワークス　し-3-4　ISBN978-4-04-870278-2